Philander

Medizinische M

SALZWASSER
VERLAG

Philander

Medizinische Märchen

1. Auflage 2012 | ISBN: 978-3-8460-0278-0

Erscheinungsort: Paderborn, Deutschland

Salzwasser Verlag GmbH, Paderborn. Alle Rechte beim Verlag.

Nachdruck des Originals von 1892.

Philander

Medizinische Märchen

Medizinische

Märchen.

Von

Philander.

Zweite, unveränderte Auflage.

MDCCCLXX

Stuttgart.

Verlag von Levy & Müller.

Druck von A. Bonz' Erben in Stuttgart.

Den Manen

des großen Arztes und liebenswürdigen
Märchendichters

Richard von Volkmann

gewidmet.

Vorwort.

Märchen sind Kinder der freischaffenden Phantasie, die sich niemals weder an Zeit, noch an Raum, noch an ursächlichen Zusammenhang der Begebenheiten bindet. Als solche Gebilde aus der Welt des Wunders, wo das Unmögliche mit naiver Dreistigkeit in die Wirklichkeit eintritt, wollen auch die hier gebotenen „Medizinischen Märchen" betrachtet sein.

Die Kinder haben ihre Märchen; die Hirten, die Jäger, die Fischer und Schiffer desgleichen. Warum soll es nicht auch medizinische Märchen geben? Ist doch die Kindheit der wissenschaftlichen Medizin aus dem Wunder und dem Wunderglauben herausgewachsen, dem der tiefer blickende Arzt noch überall in der Volksmedizin begegnet.

Und wenn ihm in der heutigen Gestaltung
seiner Wissenschaft und seines Berufes so man=
ches mangelhaft und fern von den erstrebten
Zielen erscheint, was hindert ihn, getragen von
den luftigen Schwingen des Humors, in jene
Regionen zu schweben, wo jeder Gedanke sich
sofort zur lebendigen Wirklichkeit gestaltet?

So mögen denn diese „Medizinischen Mär=
chen" ihren Platz unter der erzählenden Litteratur
der Neuzeit finden! Mögen sie den Beweis liefern,
daß auch die Medizin nicht aller Poesie bar ist,
daß auch in dem Garten des Arztes die blaue
Wunderblume blüht, deren Duft so manche
grämliche Stunde des Alltagslebens vergessen läßt.

Wolkenkuckuckshelm, im Herbst 1892.

Der Verfasser.

Inhalt.

— — —

	Seite

Phrom. Ein orthopädisches Märchen aus dem Lande der Pharaonen 1

Ierum und die zehn Plagen. Ein Märchen aus dem phönizischen Doktorenleben 18

Dione. Ein ophthalmologisches Märchen aus Altgriechenland 40

Antonio Spumante. Ein hypnotisches Märchen aus der Drachenzeit 49

Ba-Kill. Ein hygienisches Märchen aus dem Reiche der Mitte 72

Magus Bombastus Domilivus. Ein Märchen aus der goldenen Zeit der Wunderdoktoren 92

Der Mann ohne Haut. Ein Märchen aus der Vorzeit der plastischen Chirurgie 112

Cripstrill und die Pelzmühle. Ein balneologisches Märchen aus dem alten Schwabenlande 145

Der Warzenkönig. Ein dermatologisches Märchen aus den Tagen der Sympathie 168

Elektra. Ein physikalisch-diagnostisches Märchen aus dem zwanzigsten Jahrhundert · 186

— ❖ —

Phrom.

Ein orthopädisches Märchen aus dem Lande der Pharaonen.

Es war in dem Monate der höchsten Dürre
vor dem Steigen des Nils — es mögen jetzt wohl drei=
tausend Jahre sein — da wandelte auf der Straße,
welche von Süden her in die Tempelstadt Theben
führte, unter dem Gewühle der hin= und herziehen=
den Last= und Reittiere ein einsamer Wanderer
mühsam dahin. Es war ein hochgewachsener, breit=
schulteriger junger Mann mit kühnem, scharfge=
schnittenem Gesichte, aber ein Zug tiefen Leidens
war auf demselben gelagert; sein Kopf war auf die
Brust herabgesunken, und seine Rechte stützte sich
schwer auf einen krückenförmigen Stock, während
er sein rechtes Bein steif im Knie gebogen weiter=
schleppte.

Schon sah sein scharfes Auge in der Ferne
die hohen Tempelsäulen emporragen, und mit dem
letzten Reste seiner Kräfte strebte er seinem Ziele
zu; aber als er in die Nähe des ersten Hauses
gelangt war, brach er bewußtlos auf der Straße
zusammen. Mit einem lauten Rufe des Schreckens
sprang ein junges Mädchen empor, das hier im
Schatten eines Baumes gesessen und das Wanken
und Fallen des Wanderers mit angesehen hatte.

„Vater! Vater!" rief sie in das Haus hinein,
„komme eilends heraus und hilf mir, einem Fremd-
linge beizustehen, der hier vor meinen Augen zu-
sammengesunken ist!"

Gleich darauf erschien unter der Thüre des
Hauses ein älterer Mann in der Tracht der Tempeldiener, und nun trugen die beiden den Bewußt-
losen in das Haus, betteten ihn auf ein mit Matten
belegtes Lager und wuschen ihm Kopf, Brust und
Arme mit kaltem Wasser, während die herzuge-
rufene Hausfrau die Schläfen desselben mit einem
scharfen, flüchtigen Geiste einrieb. Als er endlich
unter den Bemühungen der drei hilfreichen Menschen wieder zum Bewußtsein erwacht war, irrte
sein Blick fragend von einem zum andern.

„Wo bin ich?" fragte er mit matter Stimme.

„Stille," sagte der Hausherr, „stille! du bist
in guten Händen. Aber ehe ich deine Frage beant=
worte, mußt du zuerst eine Stärkung zu dir nehmen,
denn du bist deren dringend bedürftig."

Die Tochter eilte hinaus und kam darauf mit
einer Schale voll Milch zurück, um sie dem Fremb=
linge mit freundlichem Zuspruche zu reichen. Dieser
nahm die Gabe dankend entgegen und leerte die
Schale mit langen, gierigen Zügen. Dann aber
erhob er wieder fragend seine Augen zu dem Haus=
herrn und sprach: „Daß mich die Götter zu gütigen
Menschen geführt haben, hat meine Seele dankbar
empfunden, aber nun mache deine Güte vollkom=
men und sage mir, wem ich meine Errettung aus
todesähnlicher Ohnmacht verdanke."

„Du bist in dem Hause des Tempeldieners
Keb, der in freien Stunden mit seinem Weibe Aja
und seiner Tochter Fabja für die geheilt heimkehren=
den Fremden die wächsernen Gliedmaßen zum Auf=
hängen in dem Tempel des großen Gottes ver=
fertigt. Und du, o Fremdling, von wannen bist du
gekommen und wie sollen wir dich nennen?"

„Ich heiße Phrom," erwiderte dieser, „und

bin aus dem fernen Süden, da wo die Waſſer des
Nils erſtmals über die Felſen ſtürzen, hierherge-
wandert, um in dem Tempel des großen Gottes
Ammon Ra zu ſchlafen, ob ich nicht im Schlafe
Erleuchtung bekäme, wie mein kranker Fuß zu heilen
iſt. Siehe, ich war ein Jäger und vor zwölf
Monden noch ſo ſtark wie der Löwe und ſo ſchnell
wie die Antilope der Wüſte. Aber der finſtere
Typhon hatte mein Verderben beſchloſſen. Als ich
eines Tages eine Wildgans auf dem Nile ſchoß
und in die Fluten ſprang, um die Beute zu holen,
packte mich ein rieſiger Leviathan an meinem rechten
Beine und wäre mit mir in die Tiefe gefahren,
wenn ihm nicht mein Bruder, der bei mir war,
einen ſchnellen Pfeil in das Auge geſchoſſen hätte.
So ließ mich das Ungethüm aus ſeinen Zähnen
los, und ich wurde glücklich an das Land gezogen,
aber mein Bein war bis auf die Knochen zerriſſen,
und nach mondenlangem Schmerzenslager wurde
ich von den Meinigen als armer Krüppel bemit=
leidet."

Seufzend hob er mit beiden Armen das lahme
Bein vom Lager, um es zu zeigen, da ſchlug Aja
jammernd die Hände vor das Geſicht, und die

dunklen, mandelförmigen Augen Fadjas füllten sich
mit Thränen.

Keb aber sprach: „Sei getrost, o Fremdling,
und vertraue auf die Macht und Güte des großen
Gottes! Noch viel Unglücklichere haben meine
Augen gesund und froh die heilige Tempelstadt
verlassen gesehen, nachdem sie schlafend in den Hallen
des Tempels Erleuchtung über die Mittel zu ihrer
Heilung erhalten hatten. Für heute bist du zu
müde, um noch in den Tempel zu wandern. So
bleibe denn unser Gast und betrachte mein kleines
Haus und meine geringe Habe als dein Eigentum,
so lange es deine Genesung erfordert. Morgen aber,
wenn es Abend geworden ist, will ich dich selbst
in den Tempel geleiten und dir eine günstige Lager-
stätte daselbst anweisen.“

„Wie könnte ich Armer so viel Güte vergelten?“
erwiderte Phrom und wollte sich erheben, um eine
Herberge für die Nacht aufzusuchen, aber durch
das Zureden der beiden Alten und die sanften
Bitten Fadjas ließ er sich bewegen, zu bleiben,
und war nach Einbruch der Nacht bald auf seinem
Lager in tiefen Schlaf versunken.

Nachdem er am anderen Morgen neu gestärkt

erwacht war und auf die Weisung Kebs in einem
der öffentlichen Bäder seinen Körper vom Staube
der Reise gereinigt und mit wohlriechendem Öle
gesalbt hatte, fürchtete er, nach dem Weggange des
Tempeldieners den Tag in qualvoller Einsamkeit
dahinzubringen; aber bei Speise und Trank und
munterem Geplauder mit den beiden Frauen flossen
ihm die Stunden schnell dahin. Während der
heißen Tagesstunden saß er in der Werkstätte Kebs
und sah zu, wie Aja und Fabja Wachs in die
künstlichen Formen von Armen und Beinen jederlei
Größe gossen. Als es kühler wurde, setzten sie sich
zu ihm hinaus vor das Haus in den Schatten des
Baumes und baten ihn, noch mehr von seiner
Heimat zu erzählen.

„Du hast uns deinen Namen genannt," sagte
Aja, „auch ist uns deine Geburtsstätte nicht mehr
fremd, aber noch wissen wir nicht, ob du allein bist,
oder ob ein liebendes Weib sehnsüchtig deine Rückkehr erwartet."

„Niemand erwartet mich," antwortete Phrom,
„als meine alte Mutter, die ich nach dem Tode des
Vaters gemeinsam mit meinem jüngeren Bruder
durch den Ertrag der Jagd ernährt habe. Ein

junges Weib in das Haus meines Vaters zu führen,
daran habe ich vor meinem Unglücksfalle nicht
gedacht, und jetzt, nachdem ich ein Krüppel geworden, wo wäre diejenige, die mir Unglücklichem folgen
würde?" Dabei blickte er unwillkürlich auf Fabja
und sah, wie sich ihr sanftes Gesicht bis in die
Schläfen hinauf mit einer feinen Röte bedeckte.
Da nahm er plötzlich wahr, daß ihn das holde
Mädchen lieb hatte, und mit doppelter Stärke über-
fiel ihn der Schmerz ob seines Körpers Elend und
Schwäche.

Aja aber, die seine Gedanken erraten hatte,
nahm tröstend seine Rechte und sprach: „Warum
willst du verzagen, mein Sohn, da doch in uns
selbst der Glaube an deine Heilung lebendig ist?
Siehe, da kommt schon Keb die Straße herauf, um
dich in den Tempel abzuholen! Schlafe wohl und
achte genau auf das, was dir der große Gott im
Traume offenbaren wird, so hoffen wir dich gesund
und aufrecht unter uns wandeln zu sehen."

Mit einer Matte zum Lager und einem Tep-
piche zum Schutze gegen die Kühle der Nacht begab
sich Phrom in Begleitung Kebs durch das Gewühl
der Straßen hinauf in den Tempel. Da waren

schon der Unglücklichen viele, die auf das Zeichen zum Einlaß warteten; Phrom aber erhielt vor allen anderen seinen Platz in einer dunkeln Ecke der Vorhalle angewiesen, verrichtete knieend sein gläu- biges Gebet zu dem höchsten der Götter und war bald darauf trotz des Gesummes der Pilger, mit denen sich die Halle füllte, eingeschlafen . . .

Es war schon heller Tag, als er von dem Tempeldiener mit freundlichem Morgengruße er- weckt wurde. „Hast du gut geschlafen?" fragte dieser, „und hat sich dir der Gott schon in der ersten Nacht geoffenbart?"

„Ich habe geschlafen, wie schon lange nicht mehr," antwortete Phrom. „Und denke dir nur, was mir geträumt hat! Mir träumte, ich sei wie- der so aufrecht, so stark und flink wie vorher, und wandele mit einem großen Schatze die Straße nach Süden zurück. Aber was hilft mir dieser ver- heißende Traum, da ich das Mittel nicht kenne, das mir meine Gesundheit und Kraft wieder ver- schafft?"

„Erzürne den großen Gott nicht durch deinen Unglauben," warnte der Tempeldiener. „Seine Macht ist groß, aber nicht auf einmal pflegt er

seine Winke zu geben, sondern er will erst den
Glauben der Hilfesuchenden prüfen. Wer weiß, ob
nicht in der nächsten Nacht die Erleuchtung über
dich kommt? Aber nun folge mir in mein Haus.
Du wirst Hunger empfinden, und Aja und Fadja
werden begierig sein, deinen Traum zu erfahren."

Da war große Freude bei Aja, als sie aus
dem Munde Phroms den glücklichen Traum der
ersten Nacht vernahm, Fadja aber stahl sich mit
Thränen im Auge hinaus. „Wenn der Fremdling
wieder seine Gesundheit und dazu einen großen
Schatz erlangt, wird er mich armes Mädchen schnell
vergessen," seufzte sie und konnte den ganzen Tag
ihren Frohsinn nimmer gewinnen.

Und wieder legte sich Phrom mit Einbruch
der Nacht in der Tempelhalle nieder, aber diesmal
ließ ihn die Unruhe in seinem Inneren lange nicht
zum Schlafe gelangen, und erst gegen Morgen ver=
fiel er in einen leichten Schlummer. Da fühlte er
plötzlich einen kalten Körper über sein rechtes Ohr
kriechen, und wie er erschreckt mit der Hand dar=
nach griff, war es eine Schlange, die seinen Fingern
entschlüpfte. Auf seinen Schreckensruf eilte Keb
herbei, und als er von Phrom gehört, was ihm

begegnet war, ging er zu dem Oberpriester, um dessen Rat zu erholen.

Dieser erschien nach kurzer Zeit selbst in der Vorhalle und sprach zu Phrom: „Stehe auf, mein Sohn! dir ist großes Heil widerfahren. Denn wisse, wem eine Schlange im Tempel über das Ohr ge= krochen, der wird die Sprache der Tiere verstehen und alle Geheimnisse der Natur werden sich einem solchen Auserwählten eröffnen. So wirst auch du heute noch erfahren, was zu deinem Heile dient, darum gehe hin in Frieden!"

Noch ganz verwirrt durch die Rede des Ober= priesters und durch das, was ihm vorher begegnet war, folgte Phrom dem Tempeldiener auf dem Gange in seine Wohnung. Da hörte er auf einmal deutlich neben sich reden: „Ei, welch' ein schöner Mann! Schade, daß er schon in seiner Jugend ein Krüppel!" Und sich umwendend, gewahrte er unter einer Hausthüre einen Hund, der ihn mit freund= lichem Wedeln des Schwanzes begrüßte. Ohne seinem Begleiter von dem Gehörten etwas zu sagen, humpelte er kopfschüttelnd weiter und ließ sich end= lich erschöpft auf der Bank vor dessen Wohnung nieder. Noch saß er nicht lange, da wurde seine

Aufmerksamkeit durch zwei Krähen gefesselt, die in
dem Gezweige des Baumes über ihm ihr Wesen
trieben. „Da ist er wieder, der Fremdling, der
vor zwei Tagen angekommen ist," sprach die eine.
„Ja," sagte die andere, „seine Augen sind trübe
und seine Mienen voll Kummer. Aber die alte
Fataju in dem kleinen Gäßchen hinter dem Tempel
hat schon ganz andere wieder zum Gehen gebracht
und könnte auch ihm helfen, wenn er es nur wüßte."
Darauf flogen die Krähen mit heiserem Schreien
davon, Phrom aber lief, so schnell es ihm sein
lahmer Fuß gestattete, in das Haus, wo er den
Tempeldiener in eifrigem Gespräche mit seiner Frau
und Tochter über das Erlebnis der vergangenen
Nacht antraf.

„Wer ist die alte Fataju und wo ist ihre
Wohnung?" fragte er den Hausherrn zu dessen
großer Überraschung.

„Die alte Fataju?" wiederholte dieser die
Frage. „Wie hast du von diesem Weibe Kunde
erhalten?"

„Ich hörte zwei Krähen über sie reden und sie
als die einzige nennen, welche mir helfen könnte,"
antwortete erregt der Fremdling.

„So hat der Oberpriester das Erlebnis unseres Gastes richtig gedeutet," riefen mit einem Munde Mutter und Tochter.

„Ja," sprach Keb, „Phrom versteht die Sprache der Tiere, und durch den Mund der Krähe ist ihm geoffenbart worden, wie er zu seiner Genesung gelangen werde. Darum will ich selbst ihn sogleich zu dem heilkundigen Weibe geleiten."

Unterwegs erzählte er seinem Gaste alles, was er über die seltsame alte Frau wußte. „Siehe," schloß er seine Erzählung, „sie wird von dem gewöhnlichen Volke als Zauberin gemieden, aber die Unglücklichen und Elenden, denen sie durch kunstreiches Kneten und Streichen der leidenden Teile geholfen, preisen sie über alle Maßen und lassen keine üble Rede gegen sie aufkommen. Und nun bücke dich, denn wir stehen hier schon vor ihrer niedrigen Thüre. Ich aber muß dich verlassen, da ich zu Hause Notwendiges zu verrichten habe."

Als Phrom durch die niedere Thüre in den als Küche dienenden Vorraum eintrat, wurde er von einem großen, gelbroten Kater mit vielen Bücklingen und lebhaftem Schnurren empfangen. Aus dem Wohngelasse aber drang die Stimme der Alten:

„Trete ein, du Frembling aus dem Süden! Mein
Kater hat mir schon gestern gesagt, daß du hier
seiest, und so wußte ich, daß du heute zu mir
kommen werdest." Da saß sie auf einem niederen
Stuhle und war damit beschäftigt, mit ihren mageren,
sehnigen Händen den Saft zerschnittener Oliven in
ein irdenes Gefäß auszupressen. Ihr Rücken war
durch das Alter gekrümmt, ihr braunes Gesicht
von unzähligen Fältchen durchzogen; um den Kopf
trug sie ein rotes Tuch gewunden, unter dem ihr
weißes Haar in langen Strähnen herabfiel.

„Setze dich her zu mir," sprach sie, „und laß
mich deinen Schaden besehen. Wenn es möglich
ist, will ich dir helfen." Phrom gehorchte und bot
sein krankes Bein zur Untersuchung, aber es wollte
ihm eine Ewigkeit dünken, bis er aus den Zügen
der untersuchenden Alten einen Schimmer von Hoff=
nung entnehmen konnte. Endlich sah sie auf und
sprach: „Es wird gehen, mein Sohn, wenn es auch
schlimm genug mit deinem Beine aussieht." Und
nun tauchte sie die Finger ihrer rechten Hand in
das frisch ausgepreßte Öl und begann die Muskeln
nnd Sehnen des Beines langsam und immer kräf=
tiger von unten nach oben zu kneten und zu streichen

Darauf faßte sie mit beiden Händen an und dehnte und streckte die steifen Gelenke mit einer Kraft, welche ihr Phrom nimmer zugetraut hätte, so lange, bis sie in allen Fugen knackten und dem jungen Manne vor Schmerz die Thränen in die Augen traten. Fatasu aber that, als ob sie nichts davon bemerkte, rieb gleichmütig das Fett von dem Beine ab und hieß den Kranken am anderen Tage wieder kommen.

Schon auf dem Rückwege fühlte er eine Wärme und Kraft in seinem Beine, die er lange nicht empfunden hatte; kein Wunder daher, daß er am anderen Morgen schon eine Stunde vor der fest= gesetzten Zeit sich in dem Stübchen der Alten ein= fand. Auch diesmal fühlte er sich durch die Kunst derselben neu belebt und mit jedem weiteren Tage kräftiger und gelenkiger.

Als er am achten Tage frohgemut wieder die Wohnung des Tempeldieners betrat, fand er Fadja allein bei ihrer Arbeit sitzen. Sie wollte sich er= rötend entfernen, Phrom aber erfaßte ihre Rechte und sah ihr tief in die Augen.

„Warum willst du entfliehen?“ sprach er mit sanftem Vorwurfe. „Habe ich nicht in deinen Augen

gelesen, daß du mir gut bist? Darum sollst du als
die erste erfahren, daß die alte Fatasu mir heute
versprochen hat, mich nach weiteren sieben Tagen
wieder so gesund und stark als vorher zu machen.
Und nun frage ich dich, mein liebes Kind: Willst
du die meinige werden und mir als Weib in meine
Heimat folgen?"

Da legte Fadja glückstrahlend die Arme um
seinen Nacken und flüsterte: „Ich habe dich lieb von
dem ersten Augenblicke, da ich dich gesehen habe, und
hätte dich im Herzen behalten, auch wenn du ein
Krüppel geblieben wärest. Ob ich aber dir in deine
Heimat folgen darf, darüber mußt du Vater und
Mutter befragen, wenn sie zurück sind." Ihre Lippen
fanden sich im ersten Kusse, sie beschlossen aber, ihr
Glück den Eltern nicht vorher mitzuteilen, bis Phrom
als geheilt vor ihnen erscheinen könne.

Langsam flossen die Tage dahin, für Fadja
doppelt langsam, weil sie ihr Glück und ihr Ge-
heimnis noch in ihr Herz verschließen mußte. Aber
nun war er doch gekommen, der Tag, an dem sich
das Schicksal ihres Lebens entscheiden sollte. Sie
hatte den Tisch gedeckt für das einfache Mittags-
mahl, an dem der Gast aus Süden seither teilge-

nommen hatte. Aber warum kam er heute so spät? Sie mußte selbst nachsehen, ob er noch nicht zu erblicken sei, und trat unter die Hausthüre, begleitet von den neugierigen Alten. Siehe, da kam er eben um die Ecke der Straße! Noch trug er in der Rechten den Krückenstock, aber er schien sich nicht mehr darauf zu stützen. Wie war sein Gang so frei, wie kühn trug er sein Haupt und wie freudig blitzten seine Augen! Und da — jetzt warf er den Krückenstock in weitem Bogen in die Luft, und gleich einem Renner in der Bahn flog er daher, gerade auf Fabja zu, um sie im nächsten Augenblicke an sein stürmisch pochendes Herz zu schließen.

Erstaunt blickten die Alten auf die beiden. Aber als sie von Fabja das Geständnis ihrer Liebe und von Phrom die Kunde von seiner gänzlichen Wiederherstellung erfahren hatten, war ihre Freude groß, und Keb selbst legte die Hände der Liebenden in einander und gab ihnen seinen Segen.

„Ich preise den großen Ammon=Ra,“ sprach er mit gläubigem Blicke nach oben. „Gesegnet sei die Stunde, die mir den teuren Gast aus Süden gebracht hat, denn nun erkenne ich auf's neue die Macht und die Güte Gottes.“ — „Ja, noch heute

wollen wir aus bestem Wachse ein Bein formen,
damit es Phrom vor seiner Heimreise im Tempel
des Gottes aufhänge,“ rief Aja dazwischen.

„Wir aber,“ sprach Phrom zu Fadja, „wir
wollen zusammen zu der alten Fatasu gehen, um
ihr zu danken. Denn der große Schatz, den ich
nach Hause bringe, bist du; aber nur durch die
Kunst der guten Alten ist mein erster Traum im
Tempel des Gottes zur Wahrheit geworden.“

Jerum und die zehn Plagen.

Ein Märchen
aus dem phönizischen Doktorenleben.

Es war einmal ein Arzt mit Namen Jerum,
der lebte in der Stadt Tyrus in Phönizien und
war wegen seiner Gelehrsamkeit und Geschicklichkeit
so berühmt, daß Kranke aus Ägypten, Syrien und
vielen anderen Ländern zu ihm kamen und ihm
seinen Rat und seine Hilfe mit Gold, Silber und
Edelsteinen bezahlten. Darum ward er aber nicht
stolz und aufgeblasen, wie sein Nebenbuhler Joram
in Sidon, der es verschmähte, zu den Armen und
Elenden zu gehen, weil sie nichts bezahlen konnten.
Mit nichten. Wenn er den ganzen Morgen die
Kranken in der Stadt beraten hatte, sah man ihn
jeden Mittag auf seinem grauen Maultiere auf
die Dörfer hinausreiten, wo er von einer Hütte

in die andere schlüpfte und überall Trost und Hilfe
mitbrachte. Dies wußten die Edlen und das Volk
in Tyrus wohl zu schätzen und hielten ihn vor
allen anderen Ärzten hoch in Ehren.

Eines Mittags, als er wieder vor seinem Hause
angelangt war, um schnell die einfache Mahlzeit
zu verzehren, die ihm sein Weib Astaroth bereitet
hatte, stand vor seiner Thür ein Mann aus Judäa.
Der schüttelte den Staub von seinen Füßen, kreuzte
die Arme auf seiner Brust und sprach: „Bist du
es, der Arzt Jerum, den ich suche?"

„Der bin ich," antwortete Jerum. „Doch sage
schnell, was dein Begehr. Denn siehe, ich habe Eile."

Da hob der Mann aus Judäa seine Hände
empor und sprach: „Gepriesen sei Jehovah, der
mich auf meiner Reise behütet und sicher zu deinem
Hause geleitet hat. Ich bin Amos, der Diener des
Hohenpriesters Ezechiel in Jerusalem und bin von
meinem Herrn hergesandt, dich zu bitten, daß du
ihn in Jerusalem besuchen und von seiner schweren
Krankheit heilen mögest."

„Das ist leicht gesagt, aber schwer gethan,"
antwortete Jerum. „Warum ist dein Herr nicht
selbst zu mir gekommen, daß ich ihn von Angesicht

zu Angesicht gesehen und seine Krankheit erkannt
hätte?"

„Weil er durch lange Krankheit so schwach ist,
wie ein unmündiger Knabe. Ach, möge Jehovah
dein Herz erweichen und dir eingeben, mich heute
uoch zu meinem Herrn zu begleiten!"

„Wie kannst du solches von mir verlangen?"
erwiderte Jerum. „Wie könnte ich die vielen Kranken
verlassen, die hier und in den Dörfern ringsumher
meiner harren?"

„Es ist Jehovahs Wille, daß du mir folgest,"
rief Amos und hob noch einmal flehend seine Hände.
„Darum bedenke wohl, was du redest. So du die
Bitte meines Herrn erfüllest, wird Jehovah dich
auf allen deinen Wegen segnen. So du aber auf
deiner Weigerung beharrest, so werde ich nach Wochen
wiederkommen, aber in dieser Zeit wirst du nur
Kummer und Herzeleid haben, und kein Werk deiner
Hände wird dir gelingen."

„Eitles Gerede!" sprach Jerum, trat trotzigen
Schrittes in sein Haus und ließ den Mann aus
Judäa vor der Thüre stehen.

Als er gegessen hatte und satt war, bestieg er sein
Maultier und ritt hinaus in das nächste Dorf, wo

einer der Holzhauer des Königs in der Frühe des
Tages vom Baum gefallen war und das Speichen=
bein seines rechten Armes gebrochen hatte. Er zog
das Bein, bis es gerade war, legte es auf eine
Schiene von Holz und band es daran mit Binden
nach den Regeln, wie er es gelernt hatte. Darauf
ritt er wohlgemut wieder in die Stadt, aber als
er nachts im Bette lag, klopfte ein Mann an seine
Thüre: „Komme eilends zu dem Holzhauer, den
du heute verbunden hast, denn seine Schmerzen
werden immer größer." Jerum stand auf, zog
das Maultier aus dem Stalle und ritt hinaus zu
dem Manne. Dessen Hand war geschwollen wie
ein Kissen, und aus den Fingern war jegliches
Gefühl entwichen. Und ob ihm auch Jerum Schiene
und Binden auf der Stelle wegnahm und jeden
Tag zu ihm hinausritt, um den Arm mit kräftigen
Salben zu reiben, so blieben die Finger taub und
der Knochen heilte schief und der Mann ward ein
Krüppel. Da ging das Weib des Holzhauers mit
ihrem Manne in die Stadt hinein und erhob Klage bei
dem Obersten von Thyrus, und der Oberste erkannte
Jerum für schuldig und verurteilte ihn zu hundert
Silberlingen, welche er dem Holzhauer zu zahlen hätte.

Von diesem Tage an ward das Herz des Arztes traurig, und die besten Speisen, die ihm sein Weib Astaroth vorsetzte, wollten ihm nicht schmecken.

Da sprach sein Weib zu ihm: „Siehe, lieber Mann, du bist krank und bedarfst der Ruhe. Darum folge meinem Rate und gehe hinauf in das Gebirge Libanon, wo du einen Freund hast unter den Hirten. Bei diesem bleibe, bis du gesund bist."

„Und wer soll nach den Kranken sehen, die nach mir verlangen?" fragte Jerum mit bekümmertem Gesichte.

„Darüber sei ohne Sorge," antwortete Astaroth. „Ist nicht Hanno da, meiner Schwester Sohn, der bei den berühmten Ärzten Griechenlands gelernt hat? Diesen lässest du kommen und er soll deine Stelle vertreten, so lange du von hier ferne bist."

Und so geschah es. Hanno kam von Sidon herüber, wo er bei seiner Mutter geweilt hatte, und empfing von seinem Oheime alle Weisungen, was er zu thun habe. Jerum selbst aber nahm Abschied von seinem Weibe, seinem einzigen jungen Sohne Hamilcar und seinem Neffen und wanderte an seinem Stabe in die Berge.

Es begab sich aber, nachdem er schon geraume

Zeit die Stadt verlassen hatte, daß in Tyrus ein
großes Fest zu Ehren des obersten Gottes Bal ge-
feiert wurde. Da riß einer der Stiere los, die
geopfert werden sollten, und stieß sein Horn dem
Opferpriester in den Leib, daß der Mann für tot
hinweggetragen wurde. Und alles Volk rief nach
dem Arzt Jerum, da sie ihn aber in seinem Hause
nicht fanden, so brachten sie seinen Neffen Hanno
zur Stelle. Und Hanno wusch die Wunde mit einem
Schwamme und verband sie mit allem Fleiße, wie
es ihm die Ärzte in Griechenland gezeigt hatten.
Aber der Priester starb in der darauffolgenden
Nacht unter großen Schmerzen, und ein Mann von
Tyrus, der bei dem Verbande geholfen hatte, sagte
aus, er habe mit seinen Augen gesehen, wie Hanno
dem Priester einen Schwamm in seinen Bauch genäht habe. Da erhob sich ein großes Geschrei wider
den jungen Arzt, und er mußte bei Nacht in seine
Heimat Sidon flüchten, da ihn sonst die Bürger
von Tyrus erwürgt hätten.

Als nun Jerum wieder gesund war und von
den Bergen in sein Haus zurückkehrte, sah ihn sein
Weib Astaroth schon von der Ferne daherkommen
und ging ihm mit ihrem Sohne Hamilcar entgegen,

ihn zu begrüßen. Und Jerum war guter Dinge
und bezeugte eine große Freude. Aber nachdem er
sie begrüßt und geherzt hatte, fragte er: „Warum
ist Hanno nicht auch gegangen, mich zu begrüßen?"
Und Astaroth verhüllte ihr Antlitz und hub an zu
weinen und erzählte ihm unter Thränen alles, wie
es sich zugetragen. Da zerraufte Jerum sein Haar
und seinen Bart und rief: „Wehe über mich, daß
ich in die Berge gegangen bin und die Kranken
einem Fante überlassen habe! Nun ist die zweite
Plage noch größer als die erste geworden, und die
Knaben auf den Gassen werden meiner spotten."
Und er wurde noch trauriger denn zuvor und
fürchtete sich, sein Haus zu verlassen, da er sich
von den Leuten von Thyrus verachtet glaubte.

Hiram aber, der König von Thyrus, blieb ihm
wohl gewogen und hieß ihn herauf in die Burg
kommen, daß er seine Gemahlin Baaltis wieder
gesund mache. Er hatte von der Königin von
Cypros eine schöne junge Sklavin zum Geschenke
erhalten und gedachte sie neben seiner Gemahlin
in dem Hause der Frauen zu behalten, da er ein
großes Wohlgefallen an ihr hatte. Darüber wurde
Baaltis zornig, wie die Löwin des Gebirges, und

verfiel in Krämpfe, daß ihre Mägde sie nicht zu
halten vermochten. Und Jerum kam und gab ihr
die kostbarsten Arzneien, aber die Krämpfe wollten
nicht aus ihrem Körper weichen. Da lief eine der
Mägde zu Joram, dem Arzte von Sidon, und
erhielt von ihm eine Büchse mit kleinen, weißen
Kügelchen und ein Fläschchen mit einem hellen
Wasser. Davon sollte sie der Königin jeden Tag
drei Kügelchen, befeuchtet mit einem Tropfen von
dem Wasser, geben. Und am dritten Tage, als sie
eben wieder ein Kügelchen genommen hatte, erhielt
die Königin die Nachricht, daß die Sklavin aus
Cypros eines plötzlichen Todes gestorben sei; und
sie stand von ihrem Lager anf und ward wieder
gesund, wie vorher. Da hub sie an den Arzt aus
Sidon zu preisen, der ihr Gesundheit und Leben
wieder geschenkt habe, und alle Großen· von Thyrus
redeten ihr nach und sprachen Übles von Jerum,
daß er ¦bei dem Könige in Ungnade fiel und sich
nicht mehr in der Burg durfte sehen lassen. —

Dies freute die anderen Ärzte von Thyrus
mehr, als wenn sie der König aus seiner Schatz=
kammer beschenkt hätte, und der Schlauesten einer
ging hin nach Sidon und erlernte von Joram die

Kunst, die Kügelchen und das helle Wasser zu be=
reiten. Hernach aber, als er zurück war, ließ er
in allen Straßen bekannt machen, daß er die sibo=
nische Kunst, wodurch die Königin wieder gesund
geworden sei, erlernt habe und bereit sei, alle Kranken
nach dieser Kunst und halb so wohlfeil, als Jerum
mit seinen teuren Arzneien, zu behandeln. Da lief
alles Volk zu dem Schlauen, Jerum aber saß in
seinem Hause und hörte mit grimmigem Herzen,
was sein Weib Astaroth zu ihm redete: „Willst
du nicht auch die sibonische Kunst erlernen? Denn
siehe, der König und die Großen und alle Bürger
von Thyrus sind dir abgefallen, und des Goldes
in unserer Lade wird immer weniger."

„Das sei ferne von mir," antwortete Jerum.
„Eher werde ich mich in das Meer stürzen, wo es
am tiefsten ist, bevor ich den Kranken statt Arznei
ein nichtsnutziges Kügelchen gebe und sie mit der
Hoffnung auf Besserung betrüge."

Und er beharrte auf seinem Trotze und ward
mit jedem Tag verschlossener in seinem Gemüte.

Astaroth aber saß am Fenster und weinte.
Da sah sie den Mann von Judäa daherkommen
gegen ihr Haus und sprach: „Siehe, da ist wieder

der Mann aus Judäa und nimmt seinen Weg zu
unserem Hause. Willst du nicht diesmal mit ihm
gehen und den Hohepriester gesund machen, damit
der Plagen nicht noch weiter über dich kommen?
Denn wahrlich, ich sage dir, der Mann hat richtig
geweissagt."

„Nein," sprach Jerum, „ich will nicht mit ihm
gehen. Habe ich ihm nicht gesagt, daß ich die Kranken
in Tyrus und auf den Dörfern nicht verlassen kann?
So soll er sich damit bescheiden!"

. Und er ging hinab und verschloß dem Mann
von Judäa seine Thüre. Da erhob Amos seine
Rechte gegen das Haus des Zornigen und rief:
„Vier Plagen hat Jehovah schon über dich gesendet.
Wenn ich wiederkomme, werden es derselben noch
mehr geworden sein." Und er nahm seinen Stab
und wandte sich zurück nach Jerusalem.

Da es nun Abend und kühl geworden war,
wollte Jerum hinaus in das nächste Dorf reiten,
um nach einem kranken Weibe zu sehen. Und er
ließ das Maultier satteln und ritt hinaus vor das
Thor. Da saß der Mann aus Judäa an dem
Bache und wusch im Wasser seine heißen Füße.
Als ihn Jerum erblickte, that er, als ob er ihn

nicht sähe und drückte dem Maultiere die Fersen
in die Weichen, damit es schnell vorbeieile. Das
Tier aber war störrisch und wollte nicht an dem
Manne am Bache vorbeigehen. Da hob Jerum
seinen Stock, den er in der Rechten trug, und schlug
ihn dem Maultier an den Kopf, daß es sich hoch
aufbäumte und seinen Reiter auf die Erde warf.
Und Jerum fiel gegen einen scharfen Stein und
lag vor den Augen der Thorwächter mit gebrochenem
Fuße. Die hoben ihn auf und trugen ihn auf
einer Bahre durch das Thor in seine Wohnung.
Da ward großes Jammern und Wehklagen bei seinem
Weibe und seinem Sohne, und er mußte der Wochen
sechs stille liegen im Verbande, bis daß sein Fuß
geheilt war; und als er sein Lager verließ, ging
er noch lange an Krücken, wie einer, der an den
Füßen gelähmt ist.

. Als er aber wieder gehen konnte wie ein Ge-
sunder, wichen ihm die Leute in Thyrus aus und
thaten, als ob er ihnen fremd wäre. Da wurde
es Jerum dunkel vor den Augen, und er wandelte
in seinem Zorn nach Hause wie ein Trunkener
und führte lästerliche Reden: „Verflucht sei der
Tag, an dem mich meine Mutter geboren hat!

Verflucht auch die Stunde, in welcher mir mein
Vater riet, die Kunst der Ärzte zu erlernen! Soll
dies der Dank sein für die vielen Heilungen, die
ich vollbracht, und dies der Lohn für das viele
Gute, das ich den Armen und Elenden erwiesen
habe?"

Und er fing an bitterlich zu weinen. Da
legte Astaroth ihre Arme um seinen Hals und
sprach zu ihm: „Sei getrost, mein Lieber, denn
deine Freunde, die zu dir halten, sind noch nicht
alle geworden. Als du fort warest vom Hause, hat
der reiche Berosos aus Samos, der an dem Hafen
wohnt, seinen Diener geschickt, du möchtest zu ihm
kommen und ihn von den Schwären heilen, an denen
die Kunst der anderen Ärzte gescheitert sei. So
gehe denn hin und mache von neuem deinen Ruhm
lebendig!"

Und Jerum ging hin zu Berosos und schnitt
ihm seine Schwären mit scharfem Messer, daß der
Mann wieder gesundete. Aber er achtete dabei nicht
einer kleinen Ritze, die ihm am Zeigefinger der
linken Hand ein Dorn gerissen hatte. Und das Gift
der Schwären drang in die Ritze ein und vergiftete
ihm sein Blut, daß sein Arm bis zum Leibe herauf

anschwoll, wie wenn er von einer Schlange gebissen
wäre, und er vor Schmerzen sich auf seinem Lager
krümmte. In dieser Zeit der Trübsal, als er glaubte,
sein Ende sei nahe herangekommen, erschien ihm
in der Nacht der Mann aus Judäa in der Gestalt,
wie er ihn gesehen hatte, und er hörte seine Stimme,
die sprach: „Sechsmal hat Jehovah dich gewarnet,
daß du sollst deinen Starrsinn fahren lassen und
nach Jerusalem zur Heilung seines Knechtes Ezechiel aufbrechen. Aber du bist trotzig geblieben,
wie in der ersten Stunde, darum hat er dir diese
siebente Plage geschickt und dich in das Mark deines
Lebens getroffen. So gehe denn in dich und sage,
daß du mir folgen willst, wenn du gesund bist."

Da warf sich Jerum im Schlafe auf die andere
Seite und schrie: „Hebe dich weg von mir, du
Plagegeist, ich will nichts mit dir zu schaffen haben."

Und sein Weib Astaroth erwachte vom Schlafe
und fragte voll Schreckens: „Was ist dir, Jerum,
daß du so schreiest?"

Er aber sprach: „Siehst du ihn nicht, den
Mann aus Judäa mit seinem langen Barte? Er
ist zu mir gekommen, um mich zu quälen, aber
ich will einen Stock nehmen und ihn hinausjagen."

Da merkte Aftaroth, daß er im Fieber redete, und gab ihm einen frischen Trunk und kühlte seine Stirne mit Waffer und Effig, bis daß er wieder ruhig schlief.

Und als der Morgen anbrach und Aftaroth den Arm verbinden wollte, da war derselbe in der Nacht aufgebrochen und aller Schmerz daraus ver= schwunden. Und Jerum wurde wieder gesund und konnte bald wieder zu den Kranken gehen, die zu ihm geschickt hatten. Da gab Berofos ihm zu Ehren ein Fest und lud alle Großen von Thyrus dazu ein und pries den Arzt Jerum als seinen vor= nehmsten Freund, der sein eigenes Leben für ihn eingesetzt und ihn gerettet habe. Und alle, die ge= laden waren, traten zu Jerum heran und umarmten ihn, als ob sie niemals von ihm abgefallen wären. Von dieser Stunde an nahm das Ansehen Jerums wieder zu, also, daß niemand wollte einen anderen Arzt haben, und sein Haus voll war von solchen, welche seine Hilfe begehrten. Und wenn es Nacht geworden war und er sich müde von des Tages Last und Hitze auf sein Lager geworfen hatte, so klopften sie an seine Thüre und ruhten nicht, bis er mit ihnen gegangen war. Wenn er aber heim=

kam und sich wieder zur Ruhe legte, so hörte er im Traume an seine Thüre klopfen, stand auf und rief hinaus: „Wer ist es, der meiner begehret?" Es war aber niemand zu sehen.

Da sprach Jerum zu seinem Weibe: „Bin ich nicht der geplagteste Mann in unserer Stadt? Wahrlich, ich sage dir, wenn ich nicht Ruhe bekomme vor den vielen Kranken, so gehen meine Kräfte dahin, wie das Gras im Sonnenbrande."

Astaroth aber lachte und sprach: „Bist du nicht gesund und rüstig? Wenn du nicht dem Rufe der Kranken folgen willst, warum bist du nicht einer der Priester geworden, die bei Tage ein bequemes Leben führen und bei Nacht der Ruhe pflegen?"

Da erkannte Jerum, daß er keine Hilfe bei seinem Weibe finde, und trug schweigend seine Plage an jedem Tage vom frühen Morgen bis zum späten Abend.

Zu dieser Zeit gab der König dem Obersten von Thrus Befehl, daß er solle ausfindig machen, wie viele Kinder jedes Jahr geboren werden und wie viele Menschen jeglichen Alters in einem Jahre an Krankheit und Unglücksfällen sterben. Und der Oberste ließ Jerum kommen und gab ihm Zettel

in die Hand, darauf er die Neugeborenen des letzten
Jahres, und wieder andere, darauf er die Gestor=
benen und die Art ihrer Krankheit oder ihres Un=
glücksfalles schreiben sollte. Wenn er aber fertig
wäre und alles fein säuberlich geschrieben hätte,
so solle er wieder kommen und die Zettel in seine
Hände abliefern.

Da beschwor Jerum den Obersten mit Bitten
und sprach: „Ach Herr, ich bitte dich, du wolleſt
mich mit diesem Schreiben verschonen, denn siehe,
es sind alle Stunden des Tages gezählet, die ich
für die vielen Kranken verwende, und bleibt mir
kaum Zeit zu anderen Dingen übrig.“

Der Oberste aber ward zornig und sprach: „Es
ist ein Befehl des Königs, was ich dir aufgetragen
habe. Wenn du nicht folgen willst, so werde ich
hingehen und Sorge tragen, daß du gestraft wirst.“

So nahm Jerum seufzend die Zettel und trug
sie heim in seine Wohnung und saß darüber manche
Nächte, dieweil die anderen Leute schliefen.

Als er aber fertig war, packte er die Zettel
zusammen und trug sie zu dem Obersten, daß er
sie zu den anderen Rollen in den Kasten lege.
Und der Oberste war gnädig zu ihm und sprach:

„Sintemalen du alles fein säuberlich geschrieben
hast, hat der König dich ausersehen, daß du sollest
sein Arzt sein für alle diejenigen, die in seinen
Werkstätten arbeiten. Und sie sollen einlegen in
eine Kasse, ein jeglicher nach seinem Lohne, und
wenn sie krank werden, so sollen sie weder den
Arzt noch die Arzneien bezahlen, sondern noch
einen Teil ihres Lohnes erhalten, und du, Jerum,
sollest einem jeden auf einem Zettel die Tage der
Krankheit bezeügen."

Da gedachte Jerum des Goldes, das in seinen
Beutel fließen würde, und bedankte sich beim Obersten und ging frohen Sinnes heim zu seinem Weibe.

Und es kam alles, wie es der Oberste gesagt
hatte. Er setzte Aufseher über diejenigen, so in des
Königs Werkstätten arbeiteten; die gingen jeden
ersten des Monats herum und erhoben von jeglichem
Steuer nach der Höhe seines Lohnes und sagten
ihnen, wenn sie krank würden, so sollten sie zu
dem Arzte Jerum gehen um die Mittagszeit, wenn
sie gegessen hätten, denn um diese Zeit werde er
nach Hause kommen. Da kamen jeden Mittag die
kranken Purpurfärber und die, so in den Glashütten
und den Bernsteinschleifereien arbeiteten, und lager-

ten sich vor Jerums Thüre, daß er ihnen Arznei für
ihre Krankheiten gebe. Und die gesund geworden
waren, kamen wieder und brachten ihre Zettel, daß
er ihnen die Tage ihrer Krankheit aufschreibe.
Jerum aber war hungrig und durstig und durfte
doch seinen Hunger und Durst nicht stillen, bevor
denn alle Zettel beschrieben waren.

Das verdroß sein Weib Astaroth, daß sie an
seine Thür trat und sprach: „Warum kommst du
nicht, um mit mir und deinem Sohne zu essen,
was ich gekocht habe?“

„Wie kann ich mit euch essen?“ rief Jerum.
„Siehst du denn nicht die vielen, die hier noch auf
die Zettel harren? Verdammt sei das neue Gesetz,
das mich aus einem Arzte zum Schreiber gemacht
hat!“

Und er stampfte in seinem Zorne mit dem
Fuße; aber wie es gewesen war, so blieb es einen
Tag wie den anderen, und Jerum fühlte, daß er
matter wurde und daß ihm die Lust und Freudig-
keit seines Schaffens dahinschwand.

Da ward eine Stimme in ihm lebendig, die
sprach zu ihm: „Wärest du doch zu dem kranken
Hohepriester nach Jerusalem gegangen, so wäre

diese Plage nicht auch noch über dich gekommen. Er aber antwortete und sprach bei sich: „Habe ich früher nicht die Stadt verlassen können von wegen der Kranken, die auf mich warteten, so kann ich es heute noch viel weniger, denn täglich mehrt sich die Last, die auf meinen Schultern ruhet. Und sind nicht auch Ärzte in Jerusalem und überall in Judäa? Zu diesen soll er schicken und sie an sein Bett berufen."

Es begab sich aber hernach, daß die Kinder in der Stadt Thyrus von einer bösen Seuche ergriffen wurden, und kein Haus war, in welchem nicht ein Kind krank darniederlag. Und Jerum ging von Haus zu Haus, pflegte die Kinder und gab ihnen Arznei und kühlende Getränke. Da aber der Kranken immer mehr wurden, sprach er bei sich: „Bis heute habe ich meinen Sohn Hamilcar gehütet und er ist gesund geblieben. Nun aber will ich ihn mit meinem Weibe in das Gebirge schicken, damit er nicht ebenfalls erkranke."

Und er schickte eilends einen Boten zu seinem Weibe, daß sie sich solle zur Reise in die Berge bereit halten. Als er aber nach Hause kam, lag der Knabe im Fieber, und keines der Mittel, wodurch die anderen Kinder wieder gesund geworden waren, wollte helfen, also daß der Knabe von Stunde zu Stunde schwächer wurde und noch in derselben Nacht verschied.

Da zerriß Jerum sein Kleid und streute Asche auf sein Haupt und wollte weder Speise noch Trank genießen, solange sein Liebling tot im Hause lag. Als aber das Kind begraben war, befahl er dem Knechte, daß er ihm sein Maultier satteln solle, und begann seinen Reisesack mit Mundvorrat zu füllen.

„Wohin gedenkst du zu reisen?" fragte ihn sein Weib Astaroth.

Jerum antwortete und sprach: „Zehn Plagen sind über mich gekommen, die zehnte aber ist die schwerste von allen gewesen. Darum will ich aufbrechen und nach Jerusalem zu dem kranken Hohepriester reisen, damit nicht noch weiteres Leid über mich und mein Haus gelange."

Da weinte Astaroth und sprach: „Ach, wärest du früher dem Manne aus Judäa gefolgt, so würde unser Kind Hamilcar noch leben."

Er aber nahm Abschied von seinem Weibe und ritt schweigend hinaus auf die Straße, die nach Jerusalem führte.

Am achten Tage, als schon die Sonne sich
tief zur Erde neigte, gelangte er vor das Thor
Jerusalems, das gegen Mitternacht sich öffnete.
Da trugen sie einen Toten heraus auf einer Bahre,
und viel Volk folgte nach mit Weinen und Wehklagen.

Als sie nun in seine Nähe gekommen waren,
fragte Jerum einen von denen, die hinter der
Bahre gingen: „Freund, willst du mir nicht sagen,
wer es ist, dem sie hier das letzte Geleite geben?"

Und er wußte nicht, daß es Amos war, den
er gefragt hatte.

Amos aber hatte den Arzt aus Thrus erkannt
und sprach: „Der, den du hier auf der Bahre
siehest, lebte wohl noch, wenn du gekommen wärest
und ihm geholfen hättest. Gestern noch ließ er sich
auf den Söller seines Hauses tragen und blickte
hinaus gegen Mitternacht, ob er dich nicht kommen
sehe. Da du aber nicht kamest, neigte er sein Haupt
und verschied."

„Und konnte er mir meine Schuld vergeben?"
fragte Jerum mit Thränen in den Augen.

„Er hat dir vergeben," antwortete Amos.
„Ich aber habe von Jehovah die Gabe der Weis-

sagung erhalten, darum höre, was ich dir verkünde:
Weil du Reue gezeigt hast und noch spät gekommen
bist, ist das Maß deiner Leiden erfüllet. Zur Strafe
aber für deinen Trotz und dein Zögern wird der
Herr die Plagen, die er über dich verhängt hat,
von dem Stande der Ärzte nicht nehmen von nun
an bis in die fernsten Zeiten. So gehe denn hin
und kehre heim zu deinem Weibe." —

Und Jerum kehrte zurück nach Thyrus und
lebte noch lange, hochgeachtet von seiner Vaterstadt,
bis daß er zu seinen Vätern versammelt und an
der Seite seines Weibes Astaroth bestattet wurde.
Die Weissagung des Amos aber hat sich erfüllet,
und es ist kein Arzt gewesen, der nicht die eine oder
andere Plage des Phöniziers Jerum gekostet hätte.

Dione.

Ein ophthalmologisches Märchen aus Altgriechenland.

Auf der Insel Rhodos im griechischen Meere war wieder einmal der Frühling in seiner ganzen herzerquickenden Holdseligkeit eingekehrt. Die Sonne sandte ihre zauberischen Lichter auf die meerumspülten Klippen; sie vergoldete die Dächer der da und dort zerstreuten Fischerhütten und ließ die saftigen Blätter der immergrünen Bäume wie Smaragde erglänzen. Von allen Zweigen sangen die Vögel ihre frohen Weisen, und unter den Gebüschen der Gärten jubelten die Kinder des Dorfes und wanden sich Kränze aus den Blumen, die zahllos in allen Farben aus dem Grase hervorsproßten.

Am äußersten Ende des Dorfes aber, wo schon
die ersten Bäume des Waldes sich wie neugierig
heranbrängten, saß unter dem Vordache eines ärm-
lichen Häuschens ein kleines, schwarzgelocktes Mäb-
chen in einem Lehnstuhle; den Oberkörper weit
vorgebeugt, lauschte sie in die Weite, und als nun
wieder aufs neue der Jubel der Kinder erschallte,
seufzte sie tief auf, und zwei schwere Thränen rollten
über ihre bleichen Wangen.

Das sah und hörte ein Schwalbenmännchen,
das sich auf einem Balken des Vordaches niedergelassen hatte. Sein Weibchen war eben fortge-
flogen, um einige Halme und Federn zur Aus-
besserung des alten Nestes zu holen. So hatte es
Zeit, sein stahlblaues Federkleid mit dem roten
Brustlatze in den Strahlen der Frühlingssonne zu
spiegeln und dazwischen hinein eines seiner munteren
Liedchen zu singen. Wie nun das kleine Mädchen
wieder so traurig aufseufzte, däuchte dies der
Schwalbe an einem solchen wonnigen Tage, da sich
jedes Wesen unter der Sonne so recht von Herzen seines
Lebens freute, ein ganz absonderliches Gebaren.

„Ei, ei, mein Kind, mein Kind!
Warum weinest du, warum weinest du,

Warum weinest du so sehr?
Sag', was lastet dir, sag', was lastet dir
Auf dem Herz so schwer?"

So hörte das Mädchen plötzlich von dem Dache
herab zwitschern.

„Wer ist es, der mit mir spricht?" fragte
verwundert die Kleine.

„Ich bin es, die Schwalbe Chelidon, die schon
seit Jahren unter diesem Dache nistet. Aber bist
du nicht Dione, die letzten Herbst den Reigen der
fröhlichen Mädchen führte, als sie uns bei unserem
Abzuge in das Land der Ägypter das alte Schwal-
benlied sangen?

„Wohl bin ich Dione," antwortete das Mädchen. „Aber mit meiner Fröhlichkeit ist es für immer
vorüber. Als du fortgezogen warest mit deinen
Schwestern und Brüdern, warf mich eine tückische
Krankheit auf das Lager. Da lag ich viele Wochen,
und schon weinten um mich meine Gespielinnen
und wanden Trauergewinde für meine Fahrt in
die dunkeln Hallen des Hades. Doch die Parze
hatte meinen Lebensfaden nicht abgeschnitten. Ich
genas, aber als ich aus dem Todesschlummer erwachte, waren meine Augen umnachtet und nimmer

konnte ich die leuchtenden Strahlen des Helios erblicken."

„Armes Kind, armes Kind," zwitscherte die Schwalbe.

„Aber warte nur, aber warte nur,
Schon ist Hilfe nah.
Bleibe sitzen hier, bleibe sitzen hier,
Bald bin ich da."

Und wie ein Pfeil schoß sie hinein in die Lüfte; aus weiter Ferne hörte Dione noch einmal ihre helle Stimme.

Wohin war sie entflogen? Landeinwärts in den Bergen, wo die Weinbauern ihre steilen Halden gegen das Herabrollen der Erde durch quere Mauern stützten, hatte neben Veilchen, Leberblumen und Taubnesseln auch ein niederes Kraut seine gelben Blüten entfaltet. Dahin richtete die Schwalbe Chelidon ihren Flug, pflückte geschwind ein kleines Büschel von dem zarten Kraute, daß der ausquellende gelbe Saft ihren Schnabel über und über färbte, und flog schnell, wie sie gekommen, wieder zurück in die Tiefe.

Mittlerweile war Dione, allein wie sie war, in der warmen Frühlingsluft in einen leichten

Schlummer verfallen, aber als sie die Stimme der
Schwalbe wieder über ihrem Kopfe vernahm, er=
wachte sie schnell und fragte: „Bist du es, Chelidon?
Ich höre wieder deine Stimme."

„Ich bin es," antwortete Chelidon, „und nun
merke wohl auf das, was ich dir sage. Auch unsere
Schwalbenkinder litten in früheren Zeiten vielmals
an unheilbarer Blindheit, weil sich ihre zarten Augen
in den dunkeln Nesthöhlen entzündeten und darauf
mit undurchsichtiger Haut überzogen. Darob er=
barmte sich Helios, der uns als seine Lieblinge in
sein Herz geschlossen hat, und schickte uns seinen
Sohn Asklepios, daß er uns helfe. Der wies uns
ein Kraut, die Menschen nennen es Schöllkraut,
wir Schwalben aber Schwalbenkraut, mit scharfem,
gelbem Safte; damit sollten wir die Augen unserer
Kinder betupfen. Und wir folgten seinem Rate,
und seither ist keine Schwalbe mehr in Sehnsucht
nach dem Schimmer des Tageslichtes verschmachtet.
— Von diesem Kraute habe ich dir ein Büschel
mitgebracht. Halte deine Schürze auf, ich werfe
es dir hinab; so kannst du sogleich mit der Kur
beginnen!"

Das Mädchen that, wie es die Schwalbe ge=

heißen, und rieb mit dem ausquellenden Safte seine
beiden Augen.

„Wie ist mir denn? Ich habe einen Schein
von Licht," rief sie gleich darauf voll Entzücken.

„Hab' ich's nicht gesagt, hab' ich's nicht gesagt?"
zwitscherte vergnügt die Schwalbe. „Aber nun ist
es genug für heute. Morgen, wenn du wieder zur
selben Stunde auf dem Platze bist, bringe ich frisches
Kraut, und dann sollst du sehen, wie sich deine
Augen weiter bessern."

Dione konnte kaum den Morgen des anderen
Tages erwarten. Lange schon vor der festgesetzten
Stunde saß sie auf ihrem Stuhle, aber keine Schwalbe
ließ sich hören. Die waren schon mit Tagesanbruch
auf das Meer hinausgeflogen und vergnügten sich
mit fröhlichem Spielen und Jagen über den Wellen.
Da auf einmal rief es vom Vordache herab: „Gieb
acht! gieb acht!", und ein kleines Bündel frischen
Schwalbenkrauts fiel dem Mädchen gerade in den
Schoß. „Hab Dank, mein lieber, kleiner Freund!"
sprach voll herzlicher Freude Dione und begann
sogleich ihre Augen mit dem Safte zu bestreichen.
Da öffneten sich dieselben weiter, und wie sie ihren
Blick nach oben richtete, sah sie, wie von Nebel

umhüllt, die kleine Gestalt der Schwalbe sitzen. Die
nickte ihr dreimal mit dem Köpfchen zu und war
gleich darauf in den Lüften verschwunden.

Am dritten Morgen saß Dione wieder in froher
Erwartung unter dem Vordache ihrer Hütte. Sie
war nicht mehr ganz blind, das fühlte sie mit
wonnigem Entzücken. Waren dies nicht zu beiden
Seiten die hellen Säulen, auf denen die Halle ruhte,
und im Hintergrund das Dunkle, war dies nicht
die Thüre, durch die sie soeben getreten? Zitternd
tastete sie von Säule zu Säule, aber als sie wieder
zu ihrem Sitze zurückgekehrt war, stieß sie einen
hellen Schrei aus. Da lagen, noch vom Morgentau
befeuchtet, frische Zweige des Krautes, und auf der
Lehne des Stuhles saß Chelidon und sang ihr entgegen:

„Freue dich, mein Kind, freue dich, mein Kind,
Mach ein froh' Gesicht!
Heute noch erscheint, heute noch erscheint
Deiner Augen Licht!"

Stürmisch ergriff Dione die Kräuter und preßte
den Saft gegen ihre Augen. Da fiel es wie Schuppen
von denselben, und so groß war die Fülle des
Lichtes, die sich auf einmal in sie ergoß, daß sie

dieselben vor Schmerz schließen mußte. Aber als
sie die Lider wieder langsam erhob, lag vor ihr,
gebadet im Sonnenschein, die traute Heimat, die
sie schon viele Monde nicht mehr gesehen: Hier
das Elternhaus und der kleine Garten mit den
wohlbekannten Lorbeerbäumen und Myrten; in der
Ferne die weißen Klippen und das glänzende, wo-
gende Meer; und über ihr der blaue Himmel mit
den weißen, ziehenden Wolken. Es war zu viel
des Glückes, als daß sie hätte Worte finden können.
Die Augen voll feuchten Glanzes, hob sie in stummem
Danke die Arme empor zu Helios, dem Vater
alles Lichtes und Lebens. Dann aber stürmte sie
fort, um dem Jubel, der ihr Herz bis zum Zer-
springen erfüllte, in lauten Tönen Luft zu machen.
Da waren es zuerst die Eltern und Geschwister,
denen die Kleine freudestrahlend in die Arme flog.
Dann kamen mit herzlichem Anteil die Nachbarn,
und endlich strömte das ganze Dorf herbei, um
die wieder Sehende zu beglückwünschen. Und als
sie nun von dem Mädchen erfuhren, daß Chelidon
es sei, dem sie ihre Heilung verdanke, da richteten
sich alle Blicke voll Staunen und Dankbarkeit zu
dem Balken des Vordaches empor, auf welchem

die Schwalbe sich eben wieder niedergelassen hatte. Der aber waren die Blicke zu viel, und bescheiden mischte sie sich in eine vorbeifliegende Schar von Genossen, so daß sie niemand mehr zu unterscheiden vermochte.

Von dieser Zeit aber wurden die Schwalben auf Rhodos für heilig erklärt, und auch nicht der keckste der Knaben durfte es mehr wagen, sie oder die traulichen Wiegen ihrer Kinder anzutasten.

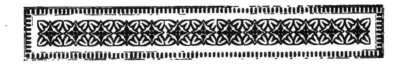

Antonio Spinmaute.

Ein
hypnotisches Märchen aus der Drachenzeit.

Zu der Zeit, als auf den Bergen noch die
Lindwürmer und Drachen hausten und von ihren
Felsenhöhlen gleich riesigen Fledermäusen mit feurigem Atem zu Thale fuhren, um Menschen und Tiere
zu verschlingen, lebte in Amalfi ein ehrsamer Schuster
mit Namen Filippo. Sein Weib war frühe gestorben
und hatte ihm einen einzigen Sohn hinterlassen,
der zu Ehren seines Schutzheiligen Antonio getauft
ward und im Laufe der Jahre zu einem wunder-
schönen Knaben heranwuchs. Weil er zugleich ebenso
klug und verständig war, hatte ihn sein Vater dem
gelehrten Pater Ambrosio übergeben, damit er von

diesem in Latein, Griechisch und allem anderen
unterrichtet würde, dessen die Gelehrten bedürfen.
Aber nachdem er von dem Pater alles gelernt hatte,
was dieser selbst an Wissen besaß, ward er des
weiteren Lernens überdrüssig und fing an, gleich
seinen Jugendgefährten den Tag über Fische und
Vögel zu fangen, des Abends aber vor den Fenstern
hübscher Mädchen zu der Laute zu singen, und bald
hatte er alle seine Gefährten an Geschicklichkeit in
derlei freien Künsten übertroffen.

So war er, hoch aufgeschossen wie eine Cypresse
und schnellfüßig wie ein Hirsch, in sein achtzehntes
Lebensjahr getreten. Da sprach zu ihm sein Vater:
„Siehe, Antonio, ich bin alt und hochbetagt und
meine Tage sind gezählt. Ehe ich aber mein Haupt
zur Ruhe niederlege, möchte ich zuvor die Pfade
kennen lernen, die du wandeln wirst, um zu Ehren
und Reichtum zu gelangen. So sage mir, welchen
Beruf du gewählt hast.“

„Welchen Beruf?“ erwiderte verwundert An=
tonio. „Ich habe noch an gar keinen gedacht und
wüßte auch keinen zu nennen, der mir lieber wäre,
als das Leben, das ich seither bei dir geführt habe.“

„Thörichter Knabe,“ sprach Filippo. „Du hast

das Leben und was es vom Menschen verlangt,
noch zu wenig kennen gelernt. So will ich dir
denn Reisegeld geben, damit du hinausgehst unter die
Menschen, wohin dich dein Stern führt. Nach vier=
zehn Tagen aber, wenn du zurückgekehrt, wirst du
mir sagen können, welchen Beruf du gewählt hast."

Niemand konnte froher sein, als Antonio. Er
trachtete schon lange, die große Stadt Neapel zu
sehen, von der er schon·so viel gehört hatte, darum
ergriff er mit Freuden die gebotene Gelegenheit
und war schon am anderen Tage auf dem Wege.
Als er in Neapel angekommen war, wollte ihn wohl
anfangs das Wirrsal der Straßen und das Gewimmel
der Menschen fast erbrücken. Doch bald schämte
er sich seiner Verzagtheit und schritt erhobenen
Hauptes, als wäre er von jeher am Platze gewesen,
durch die sich schiebende und stoßende Menge. Er
sah am Hafen zu, wie die Schiffe und Barken an=
und abfuhren; er durchschritt die Plätze und Märkte,
wo um Waren aus aller Herren Ländern gehandelt
wurde; abends aber saß er in seiner Herberge und
lauschte auf die Gespräche, welche die vielgestaltigen
Gäste unter sich führten. So trieb er es Tag für
Tag, bis er entdeckte, daß sein Reisegeld zu Ende

ging. Da begab er sich auf den Heimweg und betrat gerade zur rechten Zeit wieder die Schwelle
seines Hauses, als sein sterbender Vater eben Boten
ausschicken wollte, um ihn herbeizuführen.

„Sei mir tausendmal willkommen," rief ihm
der Alte zu und streckte ihm seine zitternde Rechte
entgegen. „Du siehst, der Tod steht lauernd an
meinem Lager, um mich aus dieser Welt hinweg-
zuholen, darum beeile dich, mir zu sagen, welchen
Gewinn du von deiner Reise davongetragen hast."

„Lieber Vater," sprach Antonio, „wenn es dein
Wunsch ist, daß ich einen gelehrten Beruf ergreife,
so ist mir durch meine Reise die Erkenntnis dessen
gekommen, welchen ich wählen soll. Ich bin in
Neapel überall gewesen, wo viele Menschen bei-
sammen waren, und habe redlich gehorcht auf das,
was dieselben geredet haben, weil mir eine Stimme
in meinem Inneren gesagt hat, daß dasjenige das
beste sei, von welchem am meisten geredet wird.
So habe ich gehört, wie die Fischer von ihren
Fischen redeten, die Bauern von ihren Früchten, die
Kaufleute von ihren Waren, die Weiber von ihren
Männern und die Männer von ihren Weibern.
Wovon aber alle geredet haben, das waren die

Krankheiten, an denen sie gelitten und die Ärzte,
welche sie geheilt oder nicht geheilt haben. Und
nun frage ich dich: Habe ich recht, wenn ich die
ärztliche Kunst für diejenige halte, durch welche ich
am ehesten zu Ehre und Reichtum gelange?"

Da erhob sich der Sterbende noch einmal mühsam, legte dem Jüngling, der vor seinem Lager
kniete, die Hände auf das Haupt und sprach: „Ich
segne dein Vorhaben, Arzt zu werden, denn du
hast so klug gehandelt und gesprochen, wie ich mir
gedacht habe. In diesem Beutel, voll mit Silber,
übergebe ich dir alles, was ich für dich ersparte.
Wenn auch wenig, so wird es doch genügen,
um dich vor Mangel während deiner Lehrjahre zu
schützen. Das Kostbarste aber, was ich besitze, findest
du in dieser Büchse. Siehe, es ist nur ein unscheinbarer Knopf aus blankem Zinn, aber er stammt
von einem arabischen Zauberer und hat die Eigen-
schaft, daß alle, die ihn sehen, in Schlaf verfallen,
wenn du ihn nach rechts drehst, und erst dann
wieder erwachen, wenn du die Richtung des Drehens
nach links veränderst. Nimm ihn hin, er wird dir
gute Dienste leisten."

Nach diesen Worten sank Filippo erschöpft

zurück und verschied. Weinend drückte ihm Antonio
die Augen zu und nahm betrübten Herzens die
letzten Gaben seines guten Vaters an sich. Aber
nachdem er ihn auf dem alten Friedhofe von Amalfi
begraben hatte, packte er seine Habe zusammen,
nahm Abschied von seinen Freunden und schritt
zum Thore hinaus, auf der Straße nach Salerno,
um an dieser Stätte der Gelehrsamkeit alles das
zu erlernen, dessen ein Arzt zu seinem Berufe bedarf.

Wie schwoll dem Jüngling das Herz bei dem
Gedanken, ein Angehöriger der Stadt zu werden,
deren Ruhm das ganze Abend- und Morgenland
erfüllte! Denn wo in aller Welt, außer in Salerno,
waren solche gelehrte Ärzte zu finden, wie der jüdische Rabbi Elinus, der Grieche Pontus, der Araber
Abballah und der lateinische Magister Salernus,
die alle zugleich, jeder in seiner Sprache, die Schriften
der Alten erklärten! Daß aber auch nirgends in der
Welt solch' studentisch-freies Leben blühte, wie in
Salerno, sollte Antonio erst erfahren, als er nach
feierlicher Aufnahme unter die Angehörigen der
hohen Schule anfing, sich das Leben derselben näher
zu betrachten. Da waren Jünglinge aus allen
Ländern der Erde, Italiener, Griechen, Spanier

und Franzosen, blondhaarige Deutsche, spitzbärtige
Juden und Araber mit feurigen Augen; alle aber
erfüllte der Wunsch, neben dem Erlernen der Wissen=
schaft die Wonne des Lebens nach Möglichkeit zu
genießen. Da wurde dem königlichen Vogte zum
Trotze, welcher zu Fleiß und Ehrbarkeit ermahnte,
auf den Bergen gejagt und im Meere gefischt, in
den Kneipen gewürfelt und getrunken und nächt=
licherweile unter den Fenstern der Schönen gesungen,
wenn es nicht zu Raufereien kam, bei denen mit
Dolchen und Schwertern auf Leben und Tod ge=
kämpft wurde. Gnade Gott den Wächtern, die es
wagten, unter die Raufenden zu treten! Sie wurden
verhöhnt, gestoßen und geschlagen, und manch' einer
wurde des Morgens erschlagen in seinem Blute
gefunden.

Solchergestalt war das Leben der Studenten
in Salerno, als Antonio daselbst in die Liste der
Lernenden eingetragen wurde. Er war noch voll
Trauerns über den Tod seines Vaters, aber als
er aus dem Hause heraustrat, in welchem er in
die Hand des ältesten der Lehrer das Gelübde des
Fleißes und der Sittsamkeit abgelegt hatte, standen
vor der Thüre in hellen Haufen die Schüler und

luden den schönen Jüngling mit dem wohlgefüllten
Beutel ein, zu ihnen zu halten. Lange stand er
im Zweifel und Schwanken; da sie ihn aber mit
Bitten und Verheißungen immer mehr bestürmten,
gab er zuletzt nach und ging mit seinen Landsleuten
in das Haus, worin sie ihre Herberge hatten.

Von diesem Tage an ging es in der Lands=
mannschaft der Süditaliener, die wegen ihrer Brause=
köpfe in ganz Salerno bekannt waren, noch toller
zu, als je zuvor, der tollste aber war bald Antonio
selbst. Wohl zogen ihn die Vorlesungen der be=
rühmten Lehrer mächtig an, doch viel schöner noch
war es, den Tag über auf schelmische Streiche zu
sinnen und abends in der kühlen Schenke den Becher
mit feurigem Weine zu leeren. Ganz besonders
hatte es ihm der schäumende Wein von Asti an=
gethan. Mit Asti spumante begann er sein Tage=
werk und einen Becher voll Asti leerte er noch
jedesmal, ehe er sich mit schwerem Kopfe auf sein
Lager warf. Was Wunder, daß er in ganz Salerno
nur der „Spumante“ genannt wurde! Was Wunder
aber auch, daß nach Verfluß eines Jahres der von
seinem Vater geerbte Beutel so leer war, wie die
letzte Flasche Asti, die er soeben im Kreise seiner

Genossen ausgetrunken hatte! Aber was schadete
das! Hatte er selbst kein Geld, so hatte ein anderer
eine frische Sendung erhalten, und war es auch
diesem ausgegangen, so war ein britter und vierter
bereit, mit dem lustigen Antonio den letzten Thaler
zu teilen.

So lebte er fröhlich und ohne Sorge von
einem Tag zum anderen und wäre sich der vier Jahre,
welche er durchschwärmt, nicht bewußt geworden,
wenn nicht eines Tages ein Bote der Lehrer erschienen wäre, die ihn aufforderten, eine Prüfung
abzulegen über das, was er gelernt habe. Da sank
ihm, dem allezeit Fröhlichen, das Herz gar schwer
in die Kniee. Wie sollte er, der gar selten den
Vortrag eines Lehrers gehört und noch seltener
ein Buch zur Hand genommen hatte, in der strengen
Prüfung bestehen und das Zeugnis der Reife für
den ärztlichen Beruf erhalten? Und was beginnen
ohne Hab und Gut, wenn er mit Schimpf und
Schande als ein armseliger Nichtswisser aus den
Mauern der hohen Schule hinausgestoßen würde
in die Fremde? Ihn schauderte bei dem Gedanken,
dem Mitleide seiner Vaterstadt anheimfallen zu
sollen, und schon wollte er zu dem Dolche, als seinem

letzten Tröster greifen, da fiel sein Blick auf die
Büchse mit dem Knopfe, welche seither unbeachtet
auf einem Schranke gelegen hatte. „Ha," rief er,
von neuer Hoffnung erfüllt, „da ist ja der Zauberknopf, von dem mein sterbender Vater gesagt hat,
daß er mir im Leben noch gute Dienste leisten
werde! Jetzt ist der Augenblick gekommen, da ich
dringend der Hilfe bedarf! Her damit! Will doch
einmal sehen, was der Zauber leistet!" Und prüfend
nahm er den Kopf heraus und hielt ihn, nach
rechts drehend, seinem treuen Pudel Caro vor die
Augen. Da fiel der Hund alsbald in solch' tiefen
Schlaf, daß er anfing zu schnarchen, wie er sonst
im Schlafe zu thun pflegte; als aber Antonio den
Knopf nach links drehte, wachte er schnell auf und
sprang bellend und wedelnd an seinem Herrn empor.
„Glückauf," sprach Antonio, „das Spiel ist schon
gewonnen. Ist mein Hund dem Zauber des Knopfes
erlegen, so sollen auch diejenigen, welche mich prüfen
wollen, schlafen, und dann will ich ihnen im Schlafe
befehlen, was sie mich fragen sollen. Für das
Wissen werde ich schon sorgen."

Nun rief er seinem Diener und befahl ihm,
den Lehrern der Medizin zu vermelden, daß er

bereit sei, zu jeder Stunde, welche ihnen beliebe,
zur Prüfung vor ihnen zu erscheinen. Die machten
große Augen über die Verwegenheit des leichtfertigen
Antonio und ließen ihm sagen, daß er am anderen
Tage vormittags in den Lehren des Hippokrates
und Galenus, nachmittags in den Büchern des Avi=
cenna und den salernitanischen Gesundheitsregeln
geprüft werden solle. Das vernahmen seine Genossen
mit Schrecken, da sie sich nicht denken konnten, woher
Antonio das Wissen nehmen sollte; dieser aber war
voll Fröhlichkeit, aß und trank für zwei und konnte
des Scherzens und Lachens bis in die Nacht hinein
kein Genüge finden. Als er aber nach Hause ge=
kommen war, las er beim Scheine seiner Lampe
das Kapitel des Hippokrates über die Verrenkungen
der Hüfte, die Lehre des Galenus über die Krank=
heiten der Leber, den ersten Abschnitt von Avicennas
Kanon der Medizin, und von den salernitanischen
Gesundheitsregeln diejenigen über die Kunst, sich
vor Krankheiten des Geistes zu bewahren. Dann
löschte er seine Lampe und schlief ruhig ein, als
wäre er zu einem festlichen Trinkgelage und nicht
zur strengen medizinischen Prüfung geladen.

Am anderen Morgen legte er seine besten

Kleider an und nähte an sein seidenes Wams mit
den blanken Knöpfen als untersten seinen Zauber=
knopf, also daß er ihn jederzeit unbemerkt mit der
Hand erreichen konnte. Darauf begab er sich, gefolgt
von einem Schwarm seiner staunenden Genossen,
nach dem Prüfungshause, nahm lachend Abschied
von ihnen und trat erhobenen Kopfes in den Saal,
wohin er von den Dienern gewiesen wurde. Da
saßen an einem Tische mit grüner Decke der Rabbi
Elinus und der griechische Meister Pontus und
machten strenge Gesichter, Antonio aber setzte sich
auf ihr Geheiß ruhig nieder, griff mit den Fingern
seiner Rechten nach dem Zauberknopf und begann
denselben nach rechts zu drehen. Da sah er zu
seiner Freude, wie die Augen der Gestrengen zu=
fielen und ihre Brust sich in tiefem Schlafe hob
und senkte. Eiligst stand er auf und raunte dem
Elinus ins Ohr, er dürfe ihn nur über Galenus'
Lehre von den Leberkrankheiten befragen; dem
Pontus aber, er dürfe ihn nur über des Hippo=
krates Lehre von den Hüftgelenksverrenkungen
prüfen. Darauf trat er wieder an seinen Platz
zurück, drehte den Knopf nach links und saß da
mit harmlosem Gesicht, als wäre nichts vorgefallen.

Als die beiden erwachten, wußten sie nicht, wie
ihnen geschah; war es ihnen doch, als ob sie geschlafen hätten, doch wollte keiner den anderen befragen, weil sie vermeinten, sich vor dem Kandi-
baten eine Blöße zu geben. So begannen sie denn
die Prüfung; aber wie erstaunten sie, als Antonio
auf keine ihrer Fragen eine Antwort schuldig blieb,
sondern sprach und sich gebärdete, als wäre er
nicht der lustige Spumante, vielmehr einer der
gelehrten Stubensitzer, die vor lauter Wissensdurst
Jugend und Fröhlichkeit, ja Essen und Trinken
vergessen.

Sie konnten nicht umhin, ihn mit den höchsten
Lobsprüchen zu entlassen; dafür aber gelobten sich
Abballah und Salernus, ihn am Nachmittage um
so gewisser auf das Eis zu führen. Doch auch
ihnen ging es nicht besser. Kaum war der seltsame
Antonio vor ihnen erschienen, so schliefen sie ein
und wunderten sich im stillen über die Maßen, als
sie erwachten und den Kandidaten ruhig vor sich
sitzen sahen. Der mußte auf Abballahs Aufforde-
rung den ersten Abschnitt von Avicennas Kanon
der Medizin zu erklären, wie nur einer, der sich
um den salernitanischen Doktorhut bewarb, und als

er gar, von Salernus befragt, die Gesundheitsregeln
zur Vermeidung von Geisteskrankheiten in fließenden
Hexametern wiedergab, wuchs das Staunen der
beiden Gelehrten so, daß sie ihn mit Lob über=
häuften und ihm lächelnd zugestanden, daß sie
solches nur von einem ausnehmend fleißigen Stu=
denten, nicht aber von dem lockeren Spumante er=
wartet hätten.

So hatte er denn die salernitanische Prüfung
in der Medizin glänzend bestanden und wurde von
den Genossen, die voll Bangen ihn erwartet hatten,
im Triumphe nach der Schenke geleitet, wo der
schäumende Asti zu Ehren des neugebackenen Arztes
in Strömen floß und alles in eitel Lust und Wonne
dahinschwamm. Am anderen Morgen schickten sie
einen Eilboten nach Amalfi und thaten dem hohen
Rate und der Bürgerschaft kund und zu wissen,
welch' vorzügliches Lob ihr Mitbürger Antonio bei
der medizinischen Prüfung erworben habe. Da war
dort große Freude bei Hoch und Nieder, und der
Rat schickte zwei der Ältesten zu Antonio, die ihn
zum Stadtarzt von Amalfi ernennen sollten, die=
weil der seitherige Arzt sich einem solchen Gelehrten
wie Antonio nicht mehr gewachsen fühle und alters=

halber sich zur Ruhe setzen wolle. Was konnte
Antonio mehr erwarten! Er sagte mit Freuden
zu und reiste noch an demselben Tage mit seinen
Landsleuten in die Vaterstadt, um sein Amt als
Arzt von Amalfi anzutreten.

Da war wohl in den ersten Wochen seine Stube
voll von Leuten, die den berühmten Landsmann
sehen und ihn um Rat befragen wollten. Und
hatten sich die Besucher verzogen, so mußte er eilen,
die vielen Kranken, die seiner Hilfe begehrten, in
ihren Häusern zu beraten. Item, von Ruhe hatte
er wenig zu verspüren. Als aber keiner der Kranken
sich bessern wollte und viele eines schnellen Todes
dahinstarben, schüttelten die Leute erst den Kopf
und sprachen: „Der junge Arzt mag zwar recht
gelehrt sein, ist aber so ungeschickt, daß es ihm
wohl anstände, noch einmal in die Lehre zu gehen."
Mit der Zeit aber wurde das Murren über den
Nichtwisser allgemein, und wie vorher ihm, so strömte
jetzt alles wieder dem alten Arzte zu, also daß
Antonio auf dem Trockenen saß und weder zu nagen
noch zu beißen hatte.

Als er so eines Tages Trübsal blasend und
Elend geigend auf seinem Lotterbette lag, hörte er

den öffentlichen Ausrufer verkünden, daß der Kaiser
von Marokko demjenigen seine Tochter verspreche,
welcher ihn von dem furchtbaren Drachen befreie,
der nun schon seit Wochen seinen Palast umkreise und
jedes lebende Wesen verschlinge. Besagter Drache
aber hatte sein Lager in einer Felsenhöhle nahe
bei dem schwäbischen Städtchen Wiesensteig, und
pflegte, wenn es ihm zur Winterszeit zu kalt in
seiner Höhle wurde, über das Meer nach Afrika
hinüberzufliegen. Als er nun im letzten Winter
wieder einmal nach Marokko geflogen war, hatte
er in einem Erker des Schlosses die Tochter des
Kaisers erblickt; die war so wunderschön, daß der
Unhold in Liebe zu ihr entbrannte und sie von
dem Kaiser zum Weibe begehrte, widrigenfalls er
alles Lebende in Stadt und Land vertilgen würde.
Darüber war die Prinzessin in großen Jammer
verfallen, der Kaiser aber hatte eilends alle Thore
und Fenster verschließen lassen und dem Wächter
befohlen, vom höchsten Turme mit weithin schallen=
der Stimme zu verkünden, in welcher Bedrängnis
sich seine Tochter befinde, und daß sie derjenige zum
Weibe erhalte, der den Drachen besiegen und töten
würde.   So war die Kunde durch Schiffer auch

nach Amalfi gekommen und auf des Rates Befehl öffentlich ausgerufen worden.

Schon war die Blüte der marokkanischen Ritterschaft im Kampfe mit dem furchtbaren Drachen dahingesunken. Auch viele Edle aus Spanien und Italien hatten vergeblich ihr Leben geopfert, weil sie dem Feuerstrome aus dem Rachen des Ungetüms nicht widerstehen konnten. Als aber Antonio hörte, was der Ausrufer verkündete, richtete er sich jäh von seinem Lager auf und machte einen Sprung bis an die Decke. „Antonio, Antonio," rief er sich zu, „dir ist für immer geholfen. Fort mit Klystieren und Elixieren, und auf nach Marokko, wo dir nach dem Siege über den Drachen der herrlichste Lohn verheißen ist!"

Schnell raffte er das Notwendigste zu einer Reise zusammen, schob die Büchse mit dem Zauberknopfe in die Tasche und wanderte noch an demselben Tage nach Neapel, wo er als Matrose auf einem Schiffe nach Marokko Dienste nahm. Als er nach glücklicher Fahrt in dem Lande des Kaisers angekommen war, begab er sich sogleich nach der Hauptstadt, fand aber niemand, der ihm den Weg zu dem Schlosse gewiesen hätte, denn die Straßen

waren wie ausgestorben und kein menschliches Wesen
zu erblicken. Antonio aber kannte keine Furcht,
nahm seinen Zauberknopf in die Rechte und schritt
geradeaus fürbaß, bis er auf einen großen Platz
gelangte, auf welchem er im Hintergrunde das
Schloß des Kaisers erblickte. Kaum aber war er
dort angelangt, so sah er auch schon den Drachen
auf sich zustürzen. Der war wohl mehr als zwanzig
Klafter lang, von Farbe grün mit einem roten
Kamme entlang dem Rücken, und trug an seinen
gewaltigen Pratzen große, krumme Krallen, wie
der Vogel Greif. Als er bis auf Klafterlänge her=
angekommen war, fing er an, aus seinem Rachen,
der voll großer, spitzer Zähne starrte, Feuer und
Flamme zu speien; Antonio aber hielt ihm den
Zauberknopf entgegen und drehte denselben mehr=
mals von der Linken zur Rechten. Da war es
wunderbar zu sehen, wie der Zauber wirkte. Erst
schloß der Drache seinen Feuerschlund und glotzte
seinen Gegner mit dummen Augen an. Dann fiel
ihm das rechte Auge zu, dieweil das linke noch
mit tückischer Bosheit blinzelte. Als aber auch
dieses zugefallen war, legte sich der Drache auf
die Seite und hub an zu schnarchen und zu blasen,

daß das Getöse den ganzen Markt erfüllte. Nun
zögerte Antonio nicht länger. Schnell zog er sein
gutes Schwert, das er noch von Salerno her im
Besitze hatte, und hieb dem Drachen mit einem gewaltigen Hiebe den greulichen Kopf ab. Wie ein
Bach floß das schwarze Blut die Straße hinab;
noch einmal zuckte das Untier mit seinem langen,
schlangenartigem Schwanze, dann war es mit ihm
zu Ende. „Viktoria," rief Antonio und schlug mit
dem Knaufe seines Schwertes an das Thor des
Schlosses, daß es in allen Gängen widerhallte.
Da wurde ganz oben im Turme ein Fenster geöffnet, und vorsichtig schob sich der Kopf des
Wächters heraus, um zu sehen, wer da klopfe. Als
dieser den Drachen mit abgeschlagenem Kopfe und
daneben den Helden mit bloßem, blutigem Schwerte
erblickte, rannte er eilends hinab zum Kaiser und
der Prinzessin, um ihnen die frohe Märe zu verkünden. Und nun wurde es im Schlosse lebendig,
wie in einem Ameisenhaufen. Die Thore flogen
auf, und heraus stürzten die Höflinge, umarmten
und küßten Antonio in heller Freude, und jeder
wollte der erste sein, der ihn dem Kaiser zuführte.
Der saß im goldenen Saale auf seinem Throne

und neben ihm in ihrer ganzen Holdseligkeit die
kaiserliche Prinzessin. Als Antonio eingetreten war,
wollte er sich in Demut auf die Kniee werfen, der
Kaiser aber eilte ihm entgegen, hob ihn auf und
führte ihn zu dem Sitze der Prinzessin. „Siehe
her, Suleika," sprach er, „das ist dein Retter und
der Retter unseres ganzen Landes. Ich habe dich
demjenigen als Gemahlin zugesagt, der uns von
dem greulichen Drachen befreien würde. So nehme
er dich hin, du wirst ihn deiner würdig finden." Und
Suleika, die zuvor schon mit leuchtenden Augen
den stattlichen Antonio betrachtet hatte, warf sich
ihrem Retter in die ausgebreiteten Arme, und sie
herzten und küßten sich und war eitel Freude bei
allen, die im Saale versammelt waren.

Nun wurden auf des Kaisers Geheiß die
herrlichsten Speisen und Weine aufgetragen und
Antonio eingeladen, sich zwischen den Kaiser und
die Prinzessin zu setzen. Da saß er mit solch'
edlem Anstande und. wußte so trefflich zu reden,
daß der ganze Hof von ihm entzückt war und der
eine in ihm einen Grafen, ein anderer einen Herzog,
ein dritter gar einen Königssohn vermutete. Als
aber Antonio auf des Kaisers Frage bekannte,

daß er der Sohn eines einfachen Schusters in
Amalfi sei, da wurden alle Gesichter, mit Ausnahme
dessen der Prinzessin, länger, und nach einiger Zeit
stand der Kaiser auf und gab zwei Häschern ins=
geheim den Befehl, sie sollten den Fremden, wenn
er sich in sein Gemach begeben wolle, in den
Kerker schleppen und dort ohne viel Aufhebens aus
der Welt schaffen. Dieser Anschlag war Antonio
nicht entgangen. Als nun der Kaiser die Tafel
aufgehoben hatte und sich beim Verlassen des Saales
zwei Häscher auf Antonio warfen, um ihn wegzu=
schleppen, that dieser, als ob er gutwillig mit ihnen
gehen wollte, insgeheim aber nahm er seinen
Zauberknopf in die Rechte und wartete, bis die
zwei mit ihm in dem Kerker waren. Dort hielt
er ihnen plötzlich den Knopf entgegen und drehte
nach rechts. Da schliefen die beiden auf der Stelle
ein. Antonio drehte den Schlüssel hinter ihnen ab
und begab sich zurück in den Saal, wo der Kaiser
allein noch weilte und auf die Rückkehr und Bot=
schaft der Häscher wartete. Wie erschrak er aber,
als Antonio lächelnd, als ob nichts vorgefallen
wäre, wieder eintrat! Er wollte nach einer Glocke
greifen, um die Diener herbeizurufen, Antonio aber

sprach: „Seid ohne Sorge, verehrter Herr Schwieger-
vater, und erlaubt, daß ich Euch so nenne, denn
das Schicksal hat mich zu Euerem Schwiegersohne
bestimmt, wenn ich auch nur der Sohn eines armen
Schusters in Amalfi bin. So setzet Euch denn
ruhig hin und laßt uns über die ferneren Ange-
legenheiten des Reiches beraten!"

Ob der Keckheit des Fremdlings verblüfft und
über seine eigene Tücke beschämt, setzte sich der
Kaiser auf seinen Thron, da drehte Antonio seinen
Knopf und sah schon nach wenigen Augenblicken den
Kaiser in tiefem Schlafe sitzen. Leise trat er zu
ihm hin und flüsterte ihm in das Ohr, er müsse,
wenn er erwache, den Retter aus schwerer Not in
seine Arme schließen, noch zur selbigen Stunde auf
den Thron verzichten und auf den folgenden Tag
die feierliche Vermählung seiner Tochter mit dem
Drachentöter veranstalten. Und als der Kaiser nach
Drehung des Zauberknopfes gegen links erwachte,
da geschah alles, wie es Antonio gewünscht hatte.
Noch zur nämlichen Stunde ließ der Kaiser seinen
Hofstaat zusammenrufen, umarmte vor allem Volk
seinen Retter und nannte ihn seinen lieben Schwieger-
sohn, dem er heute noch die Herrschaft über Marokko

abtreten wolle. Am nächsten Tage aber wurde die Vermählung Antonios mit der Prinzessin in aller Pracht und Herrlichkeit gefeiert, und der ehemalige Antonio Spumante saß von da an als Antonio I. auf dem Throne von Marokko |und führte die Regierung zum Segen seines Landes, bis ihn in hohem Alter der Tod von der Seite seiner Gemahlin hinwegnahm.

Wa-Kill.

Ein hygienisches Märchen aus dem Reiche der Mitte.

Nach blutigen Kämpfen waren die Barbaren, welche das himmlische Reich der Mitte wieder einmal bedroht hatten, gedemütigt und hinter die große Mauer zurückgeworfen worden. Eine neue Zeit des Friedens und des Glückes war dem Lande von dem alten, ruhmreichen Kaiser verheißen. Doch war es ihm selbst nicht mehr vergönnt, das goldene Zeitalter zu erblicken. Aber als er hochbetagt seine Augen geschlossen und ein junger Kaiser den Thron bestiegen hatte, richteten sich aller Augen um so hoffnungsvoller auf ihn, von dem man wußte, daß er nicht allein auf den äußeren Glanz der Waffen,

sondern auch und in noch höherem Grade auf das
Wohlergehen seines Volkes bedacht war.

Und es hatte den Anschein, als ob die Hoffnung
des Volkes nicht betrogen werden sollte. Schon
als junger Prinz hatte der Kaiser mit schmerzlichen
Gefühlen die Berichte der Mandarinen gelesen, aus
denen zu entnehmen war, wie viele hunderttausende
an seuchenhaften Krankheiten jährlich gestorben seien.
In unscheinbarer Kleidung durch die Straßen der
Städte und Dörfer wandernd, hatte er mit eigenen
Augen gesehen, wie das arbeitende Volk, dürftig
gekleidet und noch dürftiger ernährt, in feuchten
Kellerwohnungen sein Dasein vollbrachte, und wie
den bleichen Kindern dieser Armen ohne den Sonnenschein fröhlicher Spiele ihre Jugend im Schmutze
der Straße verloren ging. So war denn seine
vornehmste Sorge nach dem Antritt seiner Regierung,
wie der Not und Sterblichkeit des Volkes abzuhelfen
und ein neues, gesundes und kräftiges Geschlecht
zu gewinnen sei. Er berief den großen Rat der
Mandarinen und trug ihnen seine Wünsche vor.
Es sollte jede Stadt und jedes Dorf von dem Jahr-
zehnte alten Schmutze gereinigt und mit hinreichen-
dem, frischem Quellwasser versorgt werden. Jeder

Arbeiter follte in gefunder Wohnung bei guter
Nahrung und Kleidung sich seines Lebens freuen.
Ganz besondere Sorgfalt aber sollte auf die Pflege der
Kinder verwendet werden, damit auf den Schultern
des jetzigen Geschlechtes sich eine kräftige Nachkommen-
schaft erhebe.

Da war großes Gerede unter den Mandarinen.
Der eine wollte dies, ein anderer jenes als das
Wichtigste und Dringendste empfehlen, und nur
wenige, die zu den Reichsten im Lande gehörten,
wagten es, das Elend des Volkes zu bemänteln.
Aber als darüber abgestimmt war, was zu thun
sei, erhob sich der Obermandarine für das Heer
und verlangte aus dem Schatze des Reiches so viel
zur fortwährenden Abwehr der Feinde, daß der
Obermandarine des Schatzes wenig mehr zurück-
behielt und, um die anderen notwendigen Ausgaben
zu bestreiten, Steuern auf die notwendigsten Be-
dürfnisse des Lebens ausschreiben mußte. So waren
zu den alten Lasten, die das Volk bedrückten, noch
neue hinzugekommen, und die Einsichtsvollen und
Redlichen in Lande schüttelten voll Wehmut ihre
Zöpfe.

Zu selbiger Zeit lebte in dem Reiche der Mitte

ein Gelehrter mit Namen Bur-King. Der hatte
die Seele des Menschen, welche noch kein Sterb-
licher gesehen hatte, mit seiner eigenen Nase ge-
rochen und predigte in Wort und Schrift dem Volke:
„Merket auf, ihr stumpfnasigen Kinder des himmlischen Reichs, und höret, was ich euch sage! Kein
höheres Gut besitzt der Mensch, als die Gesundheit;
niemand aber kann gesund bleiben, der den Flügel-
schlag der Seele durch Tragen von leinenen, seidenen
oder baumwollenen Kleidern behindert. Nur diejenigen bleiben rein und gesund, welche ihren Körper
mit natürlicher Wolle, absonderlich mit der des
Kameles, bedecken. Alle anderen aber sind Stänker
und Sieche und gehen vor der Zeit ihrem Grabe
entgegen."

Von dieser Zeit an wuchs von Jahr zu Jahr
das Ansehen der Schafe und Kamele; die Wollenweber und Schneider arbeiteten bei ihren Lampen
bis tief in die Nacht; der gelehrte Bur-King aber
hatte großen Gewinn und zählte bald zu den Reichen
im Lande.

Darob ergrimmte ein anderer Gelehrter mit
Namen Schir-Ting. „Ha," rief er voll Hohn,
„welch' ein Gewebe von Schein und Trug enthält

diese Predigt des Bux=King! Hätte der Himmel
die Wolle für notwendig zur Erhaltung der Gesund=
heit des Menschen erachtet, so hätte er ihn mit
einem Wollpelze, gleich dem des Schafes oder
Kamels erschaffen. So aber kommt der Mensch
nackt zur Welt, aber daneben läßt die allgütige
Mutter Natur das Reinste und Weichste für ihn
wachsen, was je einen Menschenkörper bedecken kann,
und dieses ist die Wolle, die jedes Jahr in uner=
schöpflicher Fülle aus den Samenkapseln der Baum=
wollstaude herausquillt."

Nun war großer Zwiespalt unter den Menschen.
Viele trugen ihre Wollenkleider fort und glaubten
in Bälde zu sterben, wenn sie einen leinenen oder
baumwollenen Faden an demselben entdeckten. Viele
andere aber warfen dieselben weg und vermeinten
das Heil ihres Körpers nur in dem Tragen von
Baumwolle zu finden. Und die Zahl der Baum=
wollenen wurde mit jedem Jahre größer; bald
mußten die Baumwollweber die Nacht zu Hilfe
nehmen, um mit ihrer Arbeit fertig zu werden,
während die Wollenweber feierten, und nach etlichen
Jahren war der gelehrte Schir=Ting noch reicher
als Bux=King geworden.

Als der Kaiser von diesem Zwiespalte der
Meinungen hörte, berief er die Mandarinen, welche
für die Gesundheit des Volkes zu sorgen hatten,
zu sich und sprach: „Ihr kennt wohl den Gelehrten
Bur-King, der das Volk durch Wolle gesund machen
will; ihr kennt auch den Gelehrten Schir-Ting,
welcher nur die Baumwolle als gesunde Kleidung
gelten läßt. Nun schauet aber mich an! Ich habe
von frühester Jugend an nur Seide auf dem Leibe
getragen und bin doch niemals eine Stunde krank
gewesen. Darum erklärt mir diesen Widerspruch
und saget mir, was ihr über den Wert der Kleidung
denket!"

Da sprach der älteste der Mandarinen: „Aller-
durchlauchtigster Sohn des Himmels! Ich habe im
Buche der Geschichte nachgelesen und gefunden, daß
die Völker des Nordens, welche schon seit Jahr-
hunderten nur Wolle tragen, immer die unreinsten
Schweine gewesen sind und im Durchschnitt kein
Jahr länger als andere Völker gelebt haben."

Und ein anderer Mandarine erbat sich das
Wort und sprach: „Auch ich habe im Buche der
Geschichte geforscht und gefunden, daß die baum-
wolltragenden Völker des Südens wohl reiner am

Körper, aber vom Himmel mit keiner längeren
Lebensdauer gesegnet gewesen sind als andere."

„Aber wie denkt ihr, daß die Gesundheit meines
Volkes gehoben werden könne?" fragte ungeduldig
der Kaiser. Da erhob sich von seinem Sitze ein
junger Mandarine namens Ba-Kill, welcher schon
alle hundert Prüfungen mit Ruhm bestanden, aber
dabei fast alle Haare seines Kopfes und beinahe
das Licht seiner Augen verloren hatte. Er rückte
seine große, goldene Brille zurecht und sprach mit
schüchterner Stimme: „Zum Ruhme deiner geseg-
neten Regierung gestatte mir, o großer Sohn des
Himmels, hier zum erstenmale zu verkünden, daß
es deinem unterthänigsten Diener gelungen ist,
diejenigen Feinde der Menschheit, welche die ge-
fährlichsten und häufigsten Krankheiten erzeugen,
aufzufinden. Sie sind so unendlich klein, daß Mil-
lionen derselben von einem Sandkorn bedeckt werden,
aber mit Hilfe eines Vergrößerungsglases habe ich
sie dennoch gefunden und in reinen Arten gezüchtet.
Sie schweben unsichtbar in der Luft, aber nichts
bleibt dem menschlichen Geiste verborgen, wenn er
sein ernstliches Forschen darauf richtet. Siehe, in
dieser Falle habe ich schon viele Wochen hindurch

alle Krankheitskeime aus der ganzen Umgebung
deiner Hauptstadt gefangen und eingesperrt, während ich die zufällig mitgefangenen nützlichen Keime,
welche zur Bereitung der Nahrungs- und Lebens-
mittel notwendig sind, wieder freigelassen habe."

Mit diesen Worten zog er aus seinem weiten
Gewande einen gläsernen Behälter und zeigte dem
Kaiser und den Mandarinen seine sinnreiche Ein-
richtung und die darin gefangenen Keime. Da
schlugen die Mandarinen voll Verwunderung die
Hände zusammen, der Kaiser aber stieg von seinem
Throne herab, trat auf Ba-Kill zu und überreichte
ihm das Ehrenzeichen des goldenen Drachen-Ordens
mit dem Knopfe des Ober-Mandarinen. Darauf
sprach er mit erhobener Stimme: „Zum immer-
während rühmenden Angedenken an unsern hoch-
verdienten Forscher Ba-Kill befehle ich, daß hinfort
die in der Luft schwebenden Keime Bakillen genannt werden. Ihr Mandarinen aber wollet dafür
Sorge tragen, daß in den kaiserlichen Werkstätten
so viele Bakillen-Fallen verfertigt werden, daß
jede Stadt und jedes Dorf je nach Bedürfnis eine
oder mehrere erhält."

Und so geschah es, und nach Verfluß eines

Jahres konnten die Mandarinen dem Kaiser be-
richten, daß die Zahl der Gestorbenen um die Hälfte
gesunken sei, und abermals nach einem Jahre waren
im ganzen himmlischen Reiche nur so viele Tote
zu verzeichnen, als das Alter, der oder jener Un-
glücksfall oder das Schwert des Scharfrichters
hinweggerafft hatte. An seuchenhaften Krankheiten
war keine Seele gestorben.

Darüber freute sich der Kaiser und alle Ein-
wohner des himmlischen Reiches. In seiner düsteren
unterirdischen Höhle aber saß der Tod und stützte
mürrisch sein Haupt auf seine Rechte. Die Sense,
mit welcher er früher jeden Tag viele Tausende
niedergemäht hatte, lehnte müßig an der Wand,
denn die wenigen Hunderte von Opfern, die ihm
jetzt nachträglich zufielen, waren ihm eine leichte,
mühelose Beute. Viele Tage und Wochen saß er
so in finsterem Brüten, aber als auch im dritten
Jahre die Zahl der Erkrankungen täglich geringer
wurde und alle Länder der Erde anfingen, sich
mit Bakillen-Fallen zu versorgen, sprang er grimmig
in die Höhe, faßte seine Sense und schwang sich
hinauf in den Himmel, um vor dem Throne des
Weltenschöpfers zu klagen. Dieser lächelte, als er

in das grimmige Antlitz des Todes schaute, und
winkte ihm voll Güte, näher heranzutreten. „Du
bist ein seltener Gast in meinem Himmel," sprach
er. „Seitdem ich die Erde erschaffen und dich hinab=
gesandt habe, um das Leben auf derselben im Gleich=
gewicht zu erhalten, bist du nicht mehr zu mir
gekommen. So rede, was dich heute hierherführt."

Da neigte sich der Tod tief vor dem Höchsten
und sprach: „Du lächelst über den Grimm deines
Knechtes, allmächtiger Schöpfer des Himmels und
der Erde. Aber wie kann ich guter Dinge sein,
da mir ein winziger Erdensohn, ein Bewohner des
Reiches der Mitte, mit Namen Ba=Kill, meine
besten Diener wegfängt, sodaß keiner der Menschen
mehr an Krankheit sterben will und ich müßig in
meiner Höhle lungere!"

„Ich kenne ihn wohl," sprach der Schöpfer.
„Ich kenne ihn, den die Menschen mit Ehren über=
häufen, weil er ihnen die Lebensdauer der Patri=
archen wieder gewinnen soll. Aber auch seine letzte
Stunde ist in dem Buche des Lebens verzeichnet;
auch seine sterbliche Hülle ist dir übergeben, darum
siehe du zu, wie du dich seiner bemächtigst!"

Mit neuer Hoffnung verließ der Tod den

Himmel und eilte alsbald seiner Höhle zu, um
über Pläne zur Erbeutung des Ba-Kill zu brüten.
Aber was er auch alles in seinem Kopfe hin und
her erwog, Gift, Dolch, Wasser, Feuer, nichts wollte
ihm zusagen, denn Ba-Kill war ein bedächtiger,
stiller Mann, der den ganzen Tag über seinen
Büchern und Instrumenten saß und nur abends
sein Zimmer verließ, um mit anderen Gelehrten
bei einer Pfeife Tabak ein Glas Bier zu trinken.
Auf diese Gepflogenheit baute der Tod zuletzt seinen
Plan. Eines Abends, als Ba-Kill sich eben anschickte, zu seinem Abendschoppen zu gehen, klopfte
es an seine Thüre, und auf sein „Herein!" trat
ihm der Tod in Gestalt und Gebärden seines alten
Freundes Rör-Le, den er seit der Zeit seiner Lehrjahre nicht mehr gesehen, mit freundlichem Gruße
entgegen. „Bist du es leibhaftig, Rör-Le, oder ist
es dein Geist?" rief Ba-Kill mit freudigem Erstaunen. „So ist es also nicht wahr, was mir erzählt wurde, du seiest im Kampfe gegen die Barbaren gefallen?" — „Leeres Gerede," erwiderte
lachend der falsche Rör-Le. — „So sei mir doppelt
willkommen," sprach Ba-Kill mit Wärme. „Aber
darf ich fragen," fuhr er fort, „welchem günstigen

Umstande ich es zu verdanken habe, daß ich dich
nach so langer Zeit wieder zu sehen bekomme?"
— „Ich bin im Auftrage des Kaisers hier, um
alle Getränke in den hiesigen Schenken auf ihre
Güte und Unschädlichkeit zu untersuchen, und da
ich dich hier wußte, wollte ich die Gelegenheit nicht
versäumen, meinem berühmten Freunde einen Besuch
abzustatten." — „Wollte dir auch nicht geraten
haben, an meinem Hause vorbeizugehen," ereiferte
sich Ba=Kill. „Aber das trifft sich ja ganz prächtig.
Wenn du den Auftrag hast, die Getränke hier zu
untersuchen, so kannst du heute Abend den Anfang
mit der Schenke machen, die ich täglich besuche.
Es ist da ein prächtiger Stoff aus der Stadt Pil=
Tseng. Bin begierig, was du dazu sagst. Du be=
gleitest mich doch?" — „Mit Vergnügen," erwi=
derte der Tod mit bedeutungsvollem Seitenblicke
und hing sich sogleich an den Arm des Ba=Kill.

Als sie in der Schenke angelangt waren und
bei ihren vollen Gläsern saßen, fing der Tod nach
der Gewohnheit des Rör=Le an, lustige Schwänke
aus ihrer gemeinsamen Jugendzeit zu erzählen und
dem Ba=Kill in mächtigen Schlücken vorzutrinken.
Dieser aber kam seinem Genossen wacker nach, denn

so ungewohnt ihm auch das starke Trinken war,
so wollte er sich doch heute nicht schlecht finden
lassen, sondern seinen Mann wie früher stellen.
Das sah der Tod mit heimlichem Frohlocken; hatte
er seinen Feind erst betrunken gemacht, so wollte er
mit leichter Mühe mit ihm fertig werden. „Ein vor-
züglicher Stoff," rief er mit lauter Stimme. „Aber
weg mit den kleinen Gläschen! Wir wollen aus
Humpen trinken wie zur Zeit, als wir noch Füchse
waren." Damit befahl er, die größten Gläser voll
mit dem Biere von Pil-Tseng zu bringen, und mit
dem Zurufe: „Steigt dir ein Ganzer auf dein
Spezielles!" ergriff er seinen Humpen und leerte
ihn bis zum Grunde. Da sah Ba-Kill mit Staunen,
wie das Gesicht seines Freundes sich mit Todes-
blässe bedeckte, wie er dann plötzlich vom Stuhle
sank und gleich einem fühllosen Körper zu Boden
stürzte. Geschäftig sprangen die Diener des Wirtes
herbei, um den Betrunkenen aufzurichten, Ba-Kill
aber befahl, ihn auf ein Ruhebett in einem anderen
Zimmer zu legen und ihn dort liegen zu lassen,
bis er erwacht sei. Er selbst aber trank ruhig
seinen Humpen zu Ende; als er jedoch beim Nach-
hausegehen in das Nebengemach trat, um seinen Gast

zu erwecken, war dasselbe leer und der trunkene Zecher auf unerklärliche Weise verschwunden.

Durch das Fenster war der Tod heimlich entwichen und lag nun in seiner Höhle mit schmerzendem Kopfe, wütend darüber, daß ihm der Anschlag auf Ba=Kill mißglückt war. „Verdammter Stubensitzer," rief er, „diesmal bist du noch meinen Händen entschlüpft, aber warte nur, ich will nicht der Sensenmann heißen, wenn ich dich nicht bei nächster Gelegenheit zu Boden strecke!" — Und die Gelegenheit zu einem Anschlage bot sich ihm bälder, als er gedacht hatte.

Es war nämlich zu selbiger Zeit ein großes Gerede über einen Priester Namens Lei=Lak, der in der Provinz Ba=Ju=War lebte. Derselbige wollte nichts von der Lehre des Ba=Kill wissen, gab auch nichts auf die Wolle des Bur=King und auf die Baumwolle des Schir=Ting, sondern lehrte, daß alle Krankheiten von Verweichlichung der Menschen herrühren und deshalb nur durch kaltes Wasser und durch Tragen von groben, hänfenen Kleidern zu heilen seien. Da aber der Fürwitzigen und Einfältigen im Reiche der Mitte immer mehr waren, als Weise, so liefen Scharen von solchen, welche vermeinten, krank zu sein, und von Gesunden, welche noch gesünder werden wollten, in das Dorf, worin der Priester predigte und lehrte, und des Geschreies über den Wundermann war kein Ende. „Ha!" dachte der Tod, „wenn es mir gelänge, den Ba-Kill in die Hände des Priesters zu bringen, so ist er verloren. Denn die Übergießungen mit eisig kaltem Wasser kann nicht einmal ein Roß ertragen, viel weniger ein Mensch, zumal ein Gelehrter, der den ganzen Tag in der Stube sitzt."

So begab er sich eines Tages zu Ba-Kill in der Kleidung eines kaiserlichen Boten und brachte ihm den Befehl, in das Dorf des Priesters zu gehen und dessen Thun und Treiben genau zu betrachten, damit er dem Kaiser über alles Bericht erstatte. „Sage dem Sohn des Himmels," antwortete Ba-Kill, „daß ich schon längst gerne den seltsamen Mann gesehen hätte und daß ich heute noch auf-brechen werde, um in Bälde an Ort und Stelle zu gelangen." Als dies der Tod hörte, erfaßte ihn grimmige Freude. Schnell schwang er sich hinauf in die Luft, und schon nach kurzem Fluge sah er das berühmt gewordene Dörflein des Priesters vor sich liegen. Nun verwandelte er sich alsbald in einen

alten, würdig ausfehenden Arzt mit goldener Brille
und ging gemeffenen Schrittes, einen Stock mit
goldenem Knopfe in der Rechten, die Straße hinauf
in die Wohnung des Priefters. Dort ftellte er fich
als Irrenarzt Schnipp=Schnapp aus Ko=Blenz vor
und fprach: „Es wird heute oder morgen einer
meiner Kranken hierherkommen, der an Verrücktheit
leidet und den ich gerne der neuen Kaltwafferbe=
handlung unterwerfen möchte. Er hat die fixe
Idee, ein Obermandarine zu fein, und wird fich
für einen Abgefandten des Kaifers ausgeben, der
beauftragt fei, die hiefige Art von Krankenbehand=
lung zu ftudieren. Kenntlich ift er an feiner großen,
goldenen Brille und feinem langen Mandarinenftocke
mit goldenem Knopfe. Es wäre mir lieb, wenn
er die Wirkung des kalten Waffers in kräftiger
Weife zu koften bekäme." „Soll nicht fehlen," er=
widerte der Priefter Lei=Lak und reichte dem Irren=
arzte fchmunzelnd die Hand, worauf fich diefer mit
höflicher Verneigung entfernte.

Als am anderen Morgen Ba=Kill in die Nähe
des Dorfes gelangte, fah er auf einer großen Wiefe
Scharen von Männern und Frauen barfüßig gleich
den Gänfen im naffen Grafe daherwaten.

„Was treibt ihr da?" fragte er voll Staunen
den ersten, der ihm nahe kam. „Wir laufen bar-
fuß im nassen Grase, damit unser Blut in Bewegung kommt und die Schäden aus unserem Körper
entweichen," antwortete dieser, und begeistert stimmten die anderen ein: „Es giebt nichts Herrlicheres
auf dieser Welt, als dieses Barfußgehen im nassen
Grase. Schon allein diese Erfindung macht unseren
Priester unsterblich."

Kopfschüttelnd schritt Ba-Kill weiter und gelangte bald an einen Bach, in welchem Männer
jeglichen Alters, notdürftig gekleidet, Wasser traten,
gleich den Fröschen in den sommerlichen Sümpfen.
Einer der eifrigsten war ein ältlicher Mann mit
gebogener Nase und dickem Bauche auf kurzen,
krummen Beinen. Der trat das Wasser, daß es
in trüben Wellen von ihm davonfloß, und ein
Diener stand daneben, der ihm den Schweiß von
der Stirne wischte.

„Welches Leiden lastet auf diesem Armen, daß
er in solcher Weise das Wasser treten muß?"
fragte Ba-Kill voll Mitleid einen der Zuschauer.
„Arm?" wiederholte der Angeredete verwundert
die Frage. „Der, den du hier im Schweiße seines

Angesichtes Wasser treten siehst, ist einer der Reich=
sten aus dem Stamme Nimm, und bloß deswegen
in der Behandlung unseres Priesters, damit er
seinen Bauch verliere, der ihm durch eitel Wohl=
leben gewachsen ist." Da drehte sich Ba=Kill lachend
zur Seite und sprach für sich: „Fürwahr, wenn
dieser Priester nicht ein großer Schalk ist, so hat
es noch nie einen im Reiche der Mitte gegeben."

Mittlerweile stieß er auf große Scharen von
Fremden, welche alle dem Dorfe zuschritten, um
von dem Priester Trost und Heilung zu erhalten,
und gelangte, indem er diesen Scharen folgte, als
der letzten einer in einen großen ebenerdigen Saal,
wo nach der Aussage der Fremden den Hilfesuchenden
jeden Morgen Rat erteilt werden sollte. Hier hörte
er, von dem Priester ungesehen, wie dieser mit
großer Salbung einen um den anderen herbeirief,
und diesem den Schenkel= und Knieguß, jenem
den Nackenguß, einem dritten kalte Wicklungen,
einem vierten und fünften neben dem kalten Wasser
einen bitteren Trank mit Namen „Wühlhuber"
verordnete.

Bevor alle abgefertigt waren, schlich Ba=Kill
hinaus, um ungesehen die Thränen abzutrocknen,

bie ihm vor heimlichem Lachen in den Bart ge=
laufen waren. Der Priester aber rief zwei hand=
feste Badewärter herbei und sprach zu ihnen: „Es
wird in Bälde ein Mann erscheinen, der im Ober=
stübchen nicht ganz richtig ist. Er trägt eine große,
goldene Brille und einen Stock mit goldenem Knopfe.
Dieser muß jeden Morgen drei kräftige Nacken=
güsse erhalten, hernach aber zwei Stunden im
Wickel liegen. Macht eure Sache gut, und damit
Gott befohlen!"

Kaum hatte der Priester den Saal verlassen,
als der Tod als Irrenarzt Schnipp=Schnapp er=
schien, um zu sehen, ob Ba=Kill noch nicht ange=
kommen sei. Da packten ihn trotz seines Sträubens
die Knechte und schleppten ihn hinaus in die Bade=
kammer. Dort zogen sie dem Schreienden die Kleider
vom Leibe und während ihn der eine mit derben Fäu=
sten festhielt, goß ihm der andere drei schwere Eimer
eisig kalten Wassers in den Nacken. Nun wollten sie ein
kaltes Lacken um seinen Leib schlagen und ihn ge=
waltsam auf eine Pritsche legen, aber mit aller Kraft,
die er besaß, riß er sich los und stürmte, triefend
vor Nässe und schnatternd vor Frost, hinaus, um
sich schnell durch die Luft in seine Höhle zu flüchten.

Dort lag er viele Wochen im Fieber und wäre um ein kleines gestorben, wenn ihm nicht seine eiserne Natur herausgeholfen hätte. In das Reich der Mitte aber ist er von dieser Zeit an nicht mehr gekommen; denn wenn er von Ba-Kill und seinen Fallen hört, so wird es ihm übel im Magen, eine Gänsehaut überzieht seinen hageren Körper, und wie im Fieberfroste klappern seine Zähne.

Magus Bombastus Bomotivus.

Ein Märchen
aus der goldenen Zeit der Wunderdoktoren.

An einem schönen Herbstfeiertage — es wird wohl Simonis und Judä gewesen sein — war in dem wegen der Weisheit seiner Bürger berühmten Städtchen Lalenburg ein gewaltiges Gedränge und Geschiebe, gleichwie in einem Ameisenhaufen, in den ein fürwitziger Junge seinen Stecken gesteckt hat. Wohl war heute der bekannte Lalenburger Jahrmarkt, an dem man immer etwas Absonderliches, buchstabierende Esel, trommelschlagende Hasen, zweiköpfige Kälber und andere Raritäten, zu sehen bekam. Aber eines solchen Zusammenlaufes konnten sich doch die ältesten Männer nicht erinnern!

„He! Was ist denn heute besonders los?"
fragte seinen Nachbar der Bäcker Mulbe, indem er
sich mit beiden Ellenbogen breit auf seinen Bäcker-
laden aufstützte. „Weiß selber nicht," antwortete
der Gefragte, der Gerber Rohleder. „Sie sagen,
gestern Abend sei der berühmte Zauberer und
Wunderdoktor Magus Bombaftus Vomitivus hier
angekommen und im „Wilden Mann" abgestiegen.
Er habe einen ganzen Wagen voll seiner kostbaren
Arzneien mitgebracht. Ich will gleich einmal selbst
nachsehen, was Wahres an der Sache ist."

Sprachs und rannte in seinen Holzschuhen die
Straße hinunter gegen den Marktplatz. Da kam
er gerade recht, um zu sehen, wie der Meister
Spahn und seine Zimmergesellen die letzten Nägel
in eine Bretterbude schlugen, die mitten auf dem
Markte, abseits von den Ständen der Marktver-
käufer, errichtet war. Hernach machte sich der
Sattler Hämmerle und sein Sohn mit bunten Tep-
pichen zu schaffen, die sie auf den Bretterboden
legten, und mit einem roten Vorhange, den sie im
Hintergrunde der Bude aufhingen. Als nun alles
fertig und prächtig ausstaffiert dastand, bestieg Hans
Wurst, der Diener des Wundermannes, in scheckigem

Anzuge und eine Schellenkappe auf dem Kopfe, die
Bühne, stieß dreimal in seine lange Trompete, daß
der Schall in alle Gassen und Gäßlein hineindrang,
und hub darauf an, folgendermaßen zu dem dicht=
gedrängten Marktvolke zu sprechen:

„Tandaradei! Trum! Trum! Trara!
Ich und mein Meister sind auch schon da!
Gestern noch waren wir in Brabant
Und am Hofe von Engelland.
Morgen müssen wir machen gesund
Juno, die Fürstin von Trapezunt.
Darum rat' ich euch allen zum Guten,
Daß ihr euch männiglich möget jetzt sputen,
Wenn ihr von Schäden ledig und bar
Wollet noch werden in diesem Jahr.
Männer und Weiber, wer es auch sei,
Immer heran! und immer herbei!
Magus Bombastus, genannt Vomitivus,
Aller Gelehrsamkeit Superlativus,
Will euch befreien von eueren Leiden.
Niemand verstehet die Brüche zu schneiden,
Zähne zu ziehen und Flechten zu heilen,
Als wie er.   Darum möget ihr eilen!
Männer und Weiber, wer es auch sei,
Immer heran! und immer herbei!"

Noch einmal stieß er in seine Trompete, da

ging der Vorhang hinter ſeinem Rücken ausein=
ander, und auf die Bühne trat in feierlichem
Schritte der Meiſter Bomitivus, ein hochgewachſener
Mann mit wallendem, ſchwarzem Haupthaare und
langem, ſchwarzem Barte. Er hatte über ſeine
goldgeſtickten Kleider einen roten, pelzverbrämten
Mantel geworfen und trug auf dem Kopfe eine
hohe, ſpitzige Mütze, auf welcher goldene Zierarten
in Geſtalt von Sternen, Kreuzen, Salamandern
und Drachen angebracht waren. Nachdem er bis
an den Rand der Bühne vorgetreten war, ließ er
ſeine Blicke über die Menge ſchweifen und ſprach
mit weithin tönender Stimme: „Ihr Bürger der
hochanſehnlichen Stadt Lalenburg, die ihr wegen
euerer Weisheit in allen Landen berühmt ſeid, ich
bin auf meiner Reiſe nach Trapezunt in euern
Mauern abgeſtiegen, damit ihr auch einmal Gelegen=
heit habet, euch nach den neueſten Regeln der Kunſt
von eueren Schäden kurieren zu laſſen. Wo wäre
ein Meiſter der Arzneikunſt, der es mit mir, dem
Magus Bombaſtus Bomitivus, aufnehmen könnte,
mit mir, der in Paris gelernt hat, den Star zu
ſtechen, in Salerno, die Steine zu ſchneiden, in
Mömpelgard, die Brüche zu operieren, in Padua

aber die Kunst, die größten Kröpfe . . ." „Um
Gott, Meister, haltet ein mit dem Kapitel von den
Kröpfen," raunte ihm Hans Wurst in das Ohr.
„Seht Ihr denn nicht, daß hier Mann und Weib
mit dieser edlen Zierat des Halses behaftet sind?
Und seht Ihr nicht ihre grimmigen Gesichter?"
„Hast recht, Hans," flüsterte ihm Vomitivus lächelnd
zu. Mit lauter Stimme aber fuhr er fort: „Und
schauet her. Auf diesem Tische neben mir liegen
für euch ausgebreitet die kostbarsten Arzneien des
Abend= und Morgenlandes. Da ist der berühmte,
echte Theriak aus Venedig, da ist Bezoar aus den
Bergen Kleinasiens, da ist das berühmte Augen=
wasser des Professors Simplicius aus Bologna,
und hier in dieser Büchse verwahre ich das Aller=
kostbarste, nämlich den Stein der Weisen, den ich
mit eigener Gefahr des Lebens aus dem Wunder=
lande Ägypten geholt habe. Er hilft gegen alle
Leiden des menschlichen Körpers und läßt den,
welcher ein Stückchen nur so groß wie ein Sand=
korn besitzt, noch älter als Methusalem werden.
Darum herbei, wem an Gesundheit und Leben ge=
legen ist! Nur noch heute stehe ich zu eueren Diensten.
Schon morgen in der Frühe bin ich über alle Berge."

Da riſſen die wackeren Lalenburger Mund und
Naſen auf und ſchoben ſich immer dichter an die
Bühne. Das ſummte und raunte und kicherte und
ſchwatzte, aber niemand wollte der erſte ſein, die
Bühne zu betreten, bis Hans Wurſt den Gerber
Rohleder in der vorderſten Reihe bemerkte. „Ei,
Meiſter," rief er ihm zu, „Ihr habt ſo ſchon das
Ausſehen eines Patriarchen; wollt Ihr nicht ein
Stück vom Stein der Weiſen kaufen, damit Ihr
auch das Alter eines Erzvaters erreichet? Koſtet
nur die Bagatelle von zehn Groſchen. Beſinnt
Euch nicht lange, es könnte Euch ſpäter gereuen,
denn unſer Vorrat iſt nur ein geringer." Da er-
mannte ſich der Gerber, zog ſeinen Beutel und erhielt für ſeine guten zehn Groſchen fein ſäuberlich
in Papier eingewickelt ein haſelnußgroßes Stückchen von dem Steine der Weiſen, worauf er erhobenen Hauptes nach Hauſe eilte, um den ſeltenen
Schatz ſeinem Weibe zu zeigen.

Nun aber das Eis gebrochen war, wollten auch
andere die Gelegenheit nicht vorbeilaſſen, ſolche
rare Arzneien zu erwerben, und bald hatten der
fremde Meiſter und ſein Diener Hans Wurſt alle
Hände voll mit dem Verkaufe der Mittel zu ſchaffen,

Philander, Mediz. Märchen.   7

und immer neue Scharen von Stadt- und Land-
leuten traten an die Stelle derer, welche glücklich
über ihren Besitz von bannen zogen. So war der
ganze Markt voll Rühmens und Lobens, zum großen
Ärger des Stadtphysikus Dr. Baldrian und seines
Adjunkten, des Stadtchirurgus Lupfer, welche seitab
unter dem Volke standen und ihrem Grimme in
lauten Verwünschungen Luft machten. „Der ver-
dammte Scherenschleifer wird uns die Praxis auf
ein ganzes Jahr verderben," wetterte der Stadtphysikus. „Ja," schrie der Chirurgus, und seine
rote Nase funkelte im Sonnenscheine wie poliertes
Kupfer, „ich will auf der Stelle in ein Ferkel ver-
wandelt werden, wenn nicht sein Stein der Weisen
gewöhnliche Pfeifenerde und sein Bezoar ein Ge-
mengsel von Seife und Kräuterkäse ist. Und was
soll sein angemaßter Titel „Magus" bedeuten?
Wenn er mehr kann, als Brot essen und die Leute
betrügen, so soll er einmal ein Wunder thun, zum
Exempel die lahme Urschel zum Gehen bringen, die
schon ein ganzes Jahr trotz meiner und des Herrn
Stadtphysikus Kunst im Spitale liegt!" „Wahr-
haftig, Lupfer, Ihr habt recht," sprach der Stadtphysikus. „Sorget in Bälde, daß die Urschel dem

Pſeudo-Magus auf die Bühne gebracht wird, dieweil ich hier verbleibe und weitere Maßnahmen
überlege!"

Schnellen Schrittes entfernte ſich der Chirurgus;
der Phyſikus aber mußte zuſehen, wie die Leute,
durch ſeinen und ſeines Abjunkten Ärger nicht irre
gemacht, ſich immer zahlreicher um die Arzneimittel
riſſen, ſo daß der große lederne Beutel, den Hans
Wurſt verwahrte, ſich immer mehr in die Rundung
dehnte. Da ging plötzlich eine Bewegung durch
die Menge. „Seht her! ſeht her! Die lahme Urſchel
aus dem Spital!" und wie auf Befehl bildete ſich
eine Gaſſe, durch welche funkelnden Auges der
Chirurgus ſchritt, gefolgt von vier Männern, welche
auf einer Bahre eine bleiche, mit Tüchern bedeckte
Frauensperſon trugen. Auf der Bühne ſetzten ſie
ihre Laſt bedächtig nieder, Lupfer aber trat vor,
zog ſpöttiſch ſeinen Hut und ſprach: „Mit Vergunſt,
Herr Magus Bombaſtus Vomitivus, meine Hoch=
achtung vor Eueren Titeln iſt noch nicht derartig,
daß ich mich entſchließen könnte, meinen Nacken
vor Euch zu beugen; ſie wird aber ohne Grenzen
werden, wenn Ihr der hier gegenwärtigen Jungfrau
Urſula Scheurenfegerin wieder zu ihrer Geſundheit

verhelft. Besagter Ursula ist vor einem Jahre ihr
Liebster heimlich zu den Landsknechten entwichen,
worauf sie acht Tage aus dem Weinen nicht herauskam. Nachdem aber diese Colica lacrimalis —
zu deutsch Weinkrampf — vorüber war, hatte sie
sowohl Sprache als Motilität der Beine verloren
und selbige trotz meiner, des Chirurgus Lupfer, und
des Herrn Stadtphysikus Baldrian Kunst und Gelehrsamkeit nicht wieder erhalten. Bin über die
Maßen begierig, wie Ihr den raren Kasus be-
handelt."

„Werden wir gleich haben," rief ihm Hans
Wurst zu und that einen kräftigen Stoß in seine
Trompete. Sein Meister aber winkte ihm, stille
zu sein, näherte sich langsam und feierlich der
Kranken und sah ihr starr in ihre glanzlosen Augen.
Darauf befahl er ihr, das Augenmerk auf einen
funkelnden Ringstein zu richten, den er am rechten
Zeigefinger trug, und an nichts als an ihre Wie-
bergenesung zu denken. Das that die Jungfrau,
aber je länger sie auf den gleißenden Diamanten
blickte, um so schwerer wurden ihr die Augen und
endlich fielen sie ihr zu und sie lag da wie in
ruhigem Schlafe. Da beugte sich der Meister über

ſie und flüſterte ihr in das Ohr: „Wenn du auf-
wachſt, wirſt du mit lauter Stimme mich und die
Heiligen preiſen und dann zu Fuß in deine Wohnung zurückkehren." Darauf blies er ihr dreimal
in das Geſicht und rief ſie mit lauter Stimme an:
„Erwache aus deinem Schlafe! Du biſt geſund und
kannſt wie früher reden und gehen."

Langſam öffneten ſich ihre Augen und ſchauten
verwundert in die Runde. Dann that ſie den Mund
auf und ſprach: „Geprieſen ſei der Meiſter aus
fremden Landen, der mir Sprache und Geſundheit
wieder verſchafft hat! Geprieſen ſeien auch alle
Heiligen, die mich nach jahrelangem Siechtume
dieſem Wundermanne zur Heilung zuführten! Denn
ſehet, ich habe wieder meine Sprache, und ſehet,
ich habe wieder die Beweglichkeit meiner Beine!"
Damit ſtand ſie von der Bahre auf und wollte
dem Magus mit offenen Armen um den Hals fallen,
da ſie als arme Maid nur auf ſolche Weiſe ihren
Dank bezeugen könne. Dieſer aber wehrte ſie lächelnd ab und geleitete ſie bis zu der Treppe der
Bühne, wo ſie ihre Verwandten und Freunde in
Empfang nahmen.

Als dies die Menge ſah, brach der Jubel aus

allen Kehlen: „Magus Bombastus soll leben hoch
und noch einmal hoch und abermals hoch!" Dazu
blies Hans Wurst einen schmetternden Tusch, daß
die Gesichter der Lalenburger vor eitel Freude
glänzten. In dem freudigen Gewühle aber fand
der Chirurgus und der Stadtphysikus Gelegenheit,
sich heimlich um die Ecke in ein Seitengäßchen zu
drücken. Hätten sie freilich geahnt, welchen Um=
schwung das Wetter bei den Lalenburgern bald
nehmen würde, so wären sie sicher nicht vom Platze
gewichen. Da war nämlich ein Roßknecht mit
Namen Sausele; dessen rechte Backe war geschwollen,
als ob ihm eine halbe Mettwurst in der Backen=
tasche stecken geblieben wäre, und um den Kopf
gebunden trug er ein rotes Taschentuch, dessen
Zipfel wie zwei große Ohren unter seiner Zipfel=
mütze hervorschauten. Längst schon wäre er gerne
auf die Bühne zu dem Wundermanne getreten, wenn
er nicht den Zorn des Chirurgus Lupfer gefürchtet
hätte. Als nun aber dieser vom Marktplatze ver=
schwunden war, faßte er ein Herz und zwängte sich
eiligst durch die Menge. „He da, mein holder
Junge," rief ihm Hans Wurst zu, „heran und
immer heran, du halbaufgeblasener Posaunen=

engel! Habt ihr heute etwa Maultaschen auf dem
Tische gehabt? oder hat dir vielleicht dein Schatz
einen Beweis ihrer Zärtlichkeit auf die Backe gegeben?" „Ach was, Maultaschen!" heulte der Knecht
unter dem johlenden Gelächter der Menge. „Mein
Zahn! O, mein Zahn! Ich kann es vor Schmerzen
nimmer aushalten!"

„Das ist ein Geschäft für dich, Hans Wurst,"
sprach der Meister. „Zeige den Bürgern von Lalenburg, wie man in Paris elegant die Zähne zieht."

„Werden wir gleich haben," erwiderte Hans
Wurst, nahm den Burschen und drückte ihn auf
einen niederen Schemel; darauf stellte er sich hinter
ihn und zwängte dessen Kopf zwischen seine Beine.
„Wo sitzt der Halunke von Zahn? Ist es dieser?"
„Ja, ja," schrie der Knecht mit Thränen in den
Augen. „Dann paß' auf," sprach Hans Wurst,
und setzte den Schlüssel an. „Eins, zwei, drei!
So, da hast du deinen Zahn! Wirf ihn in ein
Mauseloch, dann wächst dir vielleicht wieder ein
neuer!"

Das war aber nicht der kranke, den er gezogen hatte, sondern ein schöner, kerngesunder daneben. Das sah der Knecht und empfand noch

schrecklichere Schmerzen als vorher. Da übermannte
ihn die Wut, daß er den Hans Wurst mit beiden
Fäusten an seiner bunten Jacke packte und über
die Bühne hinunterwarf, wo ihm die Burschen von
Lalenburg mit Püffen, Stößen und Schlägen gar
übel mitspielten. Er selbst aber drang auf den
Meister ein und schrie ihn an: „Meinen Zahn!
Bezahlet mir meinen Zahn, oder ich schlage Euch
die Eurigen alle in den Rachen!"

Solch' schöner Marktlärm kam den Lalen=
burgern ganz gelegen. „Recht hat der Sausele,"
rief es von allen Seiten. „Er soll ihm seinen
guten Zahn mit Gold bezahlen, oder wir schlagen
ihm seinen Kram kurz und klein zusammen." Und
schon drangen einige von des Sausele Kameraden
auf die Bühne, warfen den Tisch mit den Arznei=
mitteln um und stießen den Meister von einer
Ecke in die andere. Da kamen vom Rathause her
die Stadtknechte mit ihren Spießen gerannt und
riefen: „Platz da! Was geht hier vor? Von wannen
ist dieser Lärm und Unfug entstanden?"

„Der Diener des fremden Meisters hat hier dem
Sausele statt eines kranken Zahnes einen kerngesun=
den ausgerissen, und nun will ihm der Meister den

Schaden nicht bezahlen," schrie die Menge zusammen.
„So folget uns zu Sr. Gestrengen dem Herrn
Bürgermeister!" sprach der Anführer der Stadtknechte und befahl diesen, den Meister und Hans
Wurst in die Mitte zu nehmen. Dies geschah, und
johlend und schimpfend begleitete das Marktvolk die
beiden Gefangenen bis zu den Stufen der Rat-
haustreppe.

Oben im Saale saß in seinem Lehnstuhle der
Bürgermeister Plumpsack vor einem Tische, aus
welchem ein halbkreisförmiges Stück zur Aufnahme
seines dicken Bauches gesägt war. Eben war er
mit der Feder in der Hand zu einem leichten
Schläfchen eingenickt, als er durch den Lärm auf
der Treppe erweckt wurde. „Beim Kuckuck!" rief
er blaurot vor Ärger, und seine hängenden Backen
zitterten wie die eines bissigen Bullenbeißers, „an
solchen Märkten hat man doch keine leibliche Ruhe.
Schau einmal nach, Kielkopf, was wieder da unten
los ist." „Zu Befehl, Herr Bürgermeister," erwiderte der Amtsdiener Kielkopf und entfernte sich
eiligst, kam aber gleich wieder mit der Meldung
zurück, daß die Stadtknechte den fremden Meister
Magus Bombastus Bomitivus und seinen Diener

Hans Wurst dingfest gemacht haben, weil letztbe-
sagter dem Knechte Sausele einen guten Zahn statt
des kranken gezogen habe und sein Meister dem
Geschädigten keinen Schadenersatz leisten wolle.
„Was? Keinen Schaden bezahlen?" schrie der
Bürgermeister. „Führt sie herein, die Schwere-
nöter! Ich will ihnen zeigen, was in Lalenburg
Rechtens ist." Und gefolgt von den Stadtknechten
und dem Knechte Sausele, der wimmernd seine Backe
rieb, trat der Meister und Hans Wurst vor den
Gestrengen.

„Ist es wahr," herrschte sie dieser an, „daß
Ihr den hier gegenwärtigen Jeremias Sausele durch
Ausreißen eines gesunden Zahnes an seinem Körper
geschädigt habt und dafür keinen Schadenentgelt
zahlen wollet?" „Mit Verlaub, Herr Bürgermeister,"
sprach Magus. „Es ist wahr, daß mein Diener
Hans Wurst aus eitel Versehen den falschen Zahn
gezogen hat. Aber wer will behaupten, daß ich,
der weltberühmte Magus, der Leibarzt vieler Könige
und Fürsten, den Knecht nicht entschädigen wolle?
Mit nichten, ich bin bereit, demselben so viele
Goldgulden zu geben, als sein Zahn Zinken gehabt
hat; aber ich will noch weiter gehen und, um alles

wieder wett zu machen, Euch selbst von Euerer langen
Krankheit auf der Stelle heilen."

„He, wer sagt denn Euch, daß ich überhaupt
krank sei?" fragte starr vor Verwunderung der
Bürgermeister.

„Wer es mir sagt? Hier mein kleiner Finger.
Oder ist es vielleicht nicht wahr, daß Ihr schon
seit Jahr und Tag nicht mehr recht esset, daß Ihr
alle Speisen nach etlichen Stunden wieder nach oben
von Euch gebet und das wundersame, schreckliche
Gefühl habet, als ob sich etwas Lebendiges in Euerem
Leibe bewege? Euer gelehrter Stadtphysikus hat
Euch gesagt, daß Ihr an Erweiterung des Magens
leidet. Allen Respekt vor seiner Gelehrsamkeit, aber
der Mann weiß nicht, wo es Euch fehlt. Ich aber
kann Euch sagen, daß Ihr einen Unhold in Gestalt
eines Frosches in Euerem Magen beherberget, und
habe soeben seine Stimme aus Eurem Leibe heraus
vernommen."

„Einen Frosch!" wiederholte der Bürgermeister
und sank stöhnend in seinen Lehnstuhl zurück. Wahr-
haftig, Meister, Ihr könnet recht haben; habe ich
doch selbst schon in stillen Stunden der Nacht sein
Quaken vernommen. Aber um aller Heiligen willen,

so saget mir doch, wie ich des Unholdes los werde!"
„Dafür lasset nur m i c h sorgen," erwiderte der Meister.
„Es ist nicht der erste, den ich durch kräftigen
Zauber und starke Mittel herausschaffe. Oder
woher glaubet Ihr sonst, daß ich meinen Titel
„Vomitivus" erhalten habe?"

Nun ließ er den Bürgermeister mitten in den
Saal sitzen, zog um seinen Stuhl unter unverständ-
lichen Besprechungen einen großen Kreis mit Kohle
und trat zuletzt selbst in den Kreis, nur gefolgt
von seinem Diener. Diesem gab er eine große
Schüssel zu halten, während er selbst dem Kranken
aus einer Phiole eine scharf riechende Flüssigkeit
einflößte. Bald machten sich die Wirkungen des
Brechsaftes bemerklich, aber von einem Frosche
war immer noch nichts zu bemerken. „Der Un=
hold will nicht weichen, aber wir wollen ihm schon
warm machen," sprach der Meister, zog innerhalb
des ersten Kreises noch zwei engere und sprach
dazu bei jedem einen besonderen Spruch, dessen
Laute keinem der Anwesenden verständlich waren.
Da begann das Mittel von neuem zu wirken, und
auf einmal saß mitten in der Schüssel ein großer,
grasgrüner Frosch; der reckte und dehnte sich und

jaß plötzlich auf dem Rande der Schüssel, daß
dem Bürgermeister vor Entsetzen die Augen aus
dem Kopfe traten. „Hebe dich weg von hier, du
finsterer Unhold," befahl der Meister. Da sprang
der Frosch mit gewaltigem Sahe vom Rand der
Schüssel über alle drei Kreise hinaus auf den Boden
des Saales. Dort stürzte sich der Fanghund des
Bürgermeisters auf ihn, aber der Frosch blieb ruhig
sitzen, blähte seine Kehle und schrie ihn an „Bre=
kekek! Koax! Koax!", daß der Hund seinen Schwanz
einzog und winselnd unter den Stuhl seines Herrn
zurückkroch. „Nun schnell die Thüre auf!" rief
Magus, und sprachlos vor Erstaunen folgten die
Stadtknechte seinem Befehle. Der Frosch aber
drehte sich noch einmal um, schrie noch einmal sein
„Koax! Koax!" und begann in langen, gleichen
Sätzen aus dem Saale zu hüpfen. Von der Treppe
sprang er hinunter auf den Flur, von dem Flur
auf den Marktplatz, dort aber stürzte er sich in eine
finstere Dohle und ward nicht mehr gesehen.

Während der ganzen Zeit hatte der Bürgermeister keine Worte gefunden. Als aber der Frosch
verschwunden war, stand er von seinem Sitze auf
und reichte dem Wundermanne zitternd vor Er-

regung seine Rechte. Wie kann ich Euch danken,
großer Meister, daß Ihr mich von solchem schweren
Übel befreit habt? Ich fühle mich am ganzen Körper
wie neugeboren, darum saget mir, wie ich Euch
Euere große Kunst belohne?" „Ich verlange keine
Belohnung," erwiderte der Meister, „als daß Ihr
auf öffentlichem Markte meine Ehre wieder her-
stellet." „Soll auf der Stelle geschehen," sprach der
Bürgermeister und befahl einem der Stadtknechte,
mit der Glocke überall in allen Gassen und auf
allen Plätzen der Stadt auszuschellen, daß noch
kein größerer Arzt als der gegenwärtig hier weilende
Magus Bombastus Vomitivus die Stadt betreten
habe, sintemalen durch dessen Kunst der gestrenge
Herr Bürgermeister selbst von jahrelangem Leiden
schnellstens und bestens geheilt sei.

Das geschah. Der Bürgermeister nahm seine
schwere, goldene Kette und legte sie dem Meister
selbst um den Hals; dem Hans Wurst aber gab
er fünf Goldgulden, wovon er dem Sausele nach
der Zahl der Zinken seines Zahnes entschädigen,
das übrige aber als Schmerzensgeld für seine em-
pfangenen Hiebe behalten sollte.

So verlief der Tag vollends in lauter Fried'

und Freude. Noch niemals seit Menschengedenken hatten die Lalenburger einen so schönen Jahrmarkt gehabt, und nur die beiden Stadtdoktoren, der Physikus und der Chirurgus, machten sauere Gesichter und konnten den Feiertag Simonis und Judä noch viele Wochen nicht verwinden.

Der Mann ohne Haut.

Ein Märchen aus der Vorzeit der plastischen
Chirurgie.

Vor langer, langer Zeit, als die Seestadt
Dünenburg, deren Häuser und Türme man jetzt
bei klarem Wetter tief unten auf dem Grunde des
Wassers zu sehen bekommt, noch in voller Blüte
stand, lebte als erster Bürgermeister derselben der
reiche Rheder Conrad Hendrik. Derselbe war ein
gar stolzer und hochfahrender Herr und übte sein
Amt, als ob er nach Gott und der Welt nichts
zu fragen hätte, also daß die Bürger der guten
Stadt schwer unter seinem Joche seufzten und die
Ratsherren vor Ingrimm mit den Zähnen knirsch-
ten. Er schrieb Steuern aus auf Steuern und
verwendete die Gelder zu kostspieligen, unsinnigen

Bauten. Er ließ die Ratsherren zum Scheine nach dem Gesetze abstimmen über das, was er ihnen vorlegte, that aber hernach doch, was er wollte, mochten sie es bewilligt haben oder nicht. Was aber Rat und Bürgerschaft am meisten empörte, war sein unbändiger Zorn, in welchem er immer den Teufel im Munde führte. „Es ist zum Teufel- holen" war sein erstes Wort, und „Hol' mich der Teufel, wenn ich nicht vor Zorn aus der Haut fahre" seine andere Rede. So wich denn trotz allem Wohlstand, den die reichbeladenen Schiffe hereinbrachten, die alte Fröhlichkeit aus den Mauern Dünenburgs, und der Unmut lagerte sich gleich einer finsteren Wolke auf alle Gesichter.

Da kamen die Ratsherren in einer geheimen Sitzung zusammen und beschlossen, zwei von ihnen zu dem Herzog nach Stettin zu schicken und ihm alle ihre Beschwerden vorzutragen, damit er den Bürgermeister seines Amtes enthebe. Dieser aber hatte seine Horcher an allen Ecken und Enden und erfuhr noch am nämlichen Abend, was gegen ihn bevorstand. Am anderen Tage ließ er eilends eines seiner Schiffe bemannen und mit den kost- barsten Spezereien, seidenen Stoffen und seltenen

Pelzen befrachten. Das Schiff segelte mit gutem
Winde aus dem Hafen und entlud seine Schätze
in die herzoglichen Gemächer lange, bevor die Zwei
vom Rate an Ort und Stelle gelangten. Hätten
dies die Ratsherren gewußt, so hätten sie weniger
kecklich Einlaß in die herzogliche Pfalz und Zutritt
zu dem Herzog begehrt. So aber klopften sie
kühnlich an und schritten wacker dem Saale zu,
worin der Herzog thronte, wenn ihnen auch der
Kämmerer, der sie um Namen und Begehr gefragt
hatte, mit spöttischen Blicken voranging.

„Ich höre, ihr seid vom Rate von Dünenburg und wollt eueren Bürgermeister bei mir ver-
klagen," herrschte sie der Herzog mit rauhen Worten an. „Wenn dies der ganze Zweck euerer Reise
war, so hättet ihr füglich zu Hause bleiben können.
Denn ich kenne eueren Bürgermeister als einen
wackeren Mann, der nichts Übles will, sondern
nur auf das beste euerer Stadt bedacht ist. Darum gebt Ruhe, oder wenn ihr vom Rate und
der Bürgerschaft halsstarrig bleiben wollt, so werde
ich wohl Wege finden, um euch Seebären zur
Vernunft zu bringen. Habt ihr mich verstanden?"

Da standen sie wieder außen vor der Thüre,

ehe sie nur recht wußten, wie sie hineingekommen
waren, und kratzten sich bedenklich hinter den Ohren.
„Wenn wir nur erst wieder daheim wären und
unsere Botschaft ausgerichtet hätten," seufzte der
eine. „Hab' mir's gleich gedacht, daß die Sache
schief gehen würde," sprach der andere. „Denn
das erste, was mir am Morgen unserer Abfahrt
von Hause begegnete, war ein altes Weib, und
als ich eilends dem Hafen zuschritt, kam mir ein
lediges Schwein zwischen die Beine, so daß ich
stolperte und lächerlich zu Falle kam."

So wandelten sie in trüben Gedanken ihrer
Herberge zu, packten ihre Reisebündel und fuhren
mit demselben Schiffe, mit welchem sie gekom=
men waren, wieder in ihre Heimat. Heimlich
berichteten sie dort ihren Freunden, wie kläglich
ihre Botschaft an den Herzog verlaufen sei; der
Bürgermeister aber, der schon vorher Kundschaft
aus Stettin erhalten hatte, ließ eilends durch die
Büttel den Rat zusammenberufen und hieß die
zwei Botschafter, die schüchtern zuletzt eintraten,
mit grimmigem Hohn willkommen. „Seid mir
vielmal gegrüßt, ihr Herren! Ihr werdet wohl
recht müde von der beschwerlichen Reise sein,"

sprach er, „und bedürfet sicher der Ruhe. Darum
werdet ihr mir nur danken, wenn ich euch auf
etliche Monate dem Meister Fix zur Aufbewahrung
in den Verließen des dicken Turmes übergebe.
Aber der Teufel soll mich holen, wenn ich nicht
jedem, der es wieder wagen sollte, gegen mich zu
schüren, den Kopf abschlagen lasse." Damit befahl er den herbeigerufenen Schergen, die zwei Ratsherren in das Verließ für Räuber und Mörder zu
werfen, trat hoch erhobenen Hauptes ab und ließ
den wohlmögenden Rat in eitel Schreck und Be-
stürzung sitzen.

Von da an wurde es in Dünenburg noch stiller
und ruhiger, denn zuvor; alle Lustbarkeit war ver-
stummt, und scheu und flüchtigen Grußes gingen
die Bürger an einander vorüber, weil man überall die Späher und Horcher des Bürgermeisters
zu finden glaubte. Auch aus dem Hause des Ratsherrn Petersen, dessen Lachen sonst über den ganzen
Markt zu hören war, war alle Lust und Fröhlichkeit verschwunden, seitdem durch den Machtspruch
des Bürgermeisters sein Schwager und sein Gevattermann im Turm saßen. Mit ihnen war er
jeden Abend in der Herberge zum Paradies beim

Kruge Wein geſeſſen. Nun ſchmeckte ihm kein
Trunk und keine Speiſe mehr, und täglich ſah man
den früher ſo ſtattlichen, behäbigen Mann mehr
zuſammenfallen. Das bekümmerte ſein treues
Weib Gertrud über die Maßen. Als er daher
eines Abends wieder in düſterem Schweigen am
Tiſche ſaß, faßte ſie ſich ein Herz und ſprach,
indem ſie liebkoſend ſeine Rechte faßte: „Um Gott,
lieber Mann, ich kann es nimmer länger mit an-
ſehen, wie du in Kummer und Schwermut dahin-
ſiechſt. Wohl weiß ich, es iſt mein leibhaftiger
Bruder und unſer lieber Gevattermann, denen der
gewaltthätige Hendrik die ſchwere Schmach angethan hat. Aber kannſt du es ändern? Bedenke
wohl, mein Lieber, daß dein Leben auf dem Spiele
ſteht!“ „Recht haſt du,“ ſprach Peterſen, „aber
trotzdem habe ich in all' den traurigen Tagen ſeit-
her an nichts anderes gedacht, als wie die Schmach
zu löſchen und unſere Stadt von dem Tyrannen
zu befreien ſei. So höre denn, was ich nur dir,
meinem treuen Weibe, anvertraue. Du weißt, daß
ich jedes Jahr um dieſe Zeit nach Haparanda im
bottniſchen Meere fahre, um von meinem Freunde
Hading daſelbſt die ſchönen nordiſchen Pelze ein-

zuhandeln. Nun, dieser Hading hat mir schon viel
von den finnischen Zauberern erzählt, die unter
den lappländischen Renntierhirten ihr Wesen treiben
und über wundersame Kräfte verfügen. Sie wissen
alles, was in der weitesten Ferne sich zuträgt, sie
wissen aber auch denjenigen in der Ferne mit ihrem
Zauber zu treffen, den man ihnen als Feind und
Widersacher bezeichnet. So will ich mich denn in
den nächsten Tagen nach Haparanda aufmachen —
ich kann dies ohne Aufsehen zu erregen thun —
und mir von meinem Freunde Hading den besten
der Zauberer weisen lassen. Thue ich das nicht,
so ist es mit meiner Ruhe für immer vorüber."

„Ich bin zwar den Zauberern nicht hold," sprach
Frau Gertrud, „denn sie sind alle des Teufels.
Aber wenn die Ruhe deiner Seele davon abhängt
und wenn du Hoffnung hast, das Elend unserer
Stadt zum Besseren zu wenden, so reise mit Gott
und kehre wieder glücklich in meine Arme!"

In dieser und in den folgenden Nächten bis
zu seiner Abfahrt fand Herr Petersen zum ersten=
male wieder den gewünschten Schlaf, der ihn schon
so lange gemieden hatte, und als sein Schiff zur
Abfahrt bereit im Hafen lag, konnte er beim Ab=

schied von Weib und Kind wieder scherzen und
lachen, wie zuvor, und noch vom Schiffe her hörten
sie lange sein fröhliches „Auf Wiedersehen!" Warum
er so froh und guter Dinge war, er hätte es nicht
zu sagen gewußt, und wenn man ihn peinlich darüber
gefragt hätte. Ihn freute das Spiel der Lichter
auf den Wellen, er sang mit den Matrosen um
die Wette, und als eines Tages ein Delphin vor
dem Schiffe auftauchte und ihn mit seinen kleinen
Augen anstarrte, mußte er an den kahlen Schädel
seines Feindes Hendrik denken und lachte laut auf,
so daß ihn die von der Schiffsmannschaft verwundert
von der Seite anschauten, als ob es bei ihm nicht
richtig im Kopfe wäre.

Wohlbehalten langte er in Haparanda an und
wurde von seinem alten Freunde Hading aufs
herzlichste empfangen. Aber nachdem die neuen
Vorräte von Fellen besichtigt und gekauft waren,
litt es ihn nicht länger, bis er zu guter Abendstunde in trautem Zusammensein mit dem Freunde
sein Herz ausgeschüttet und seinen Plan verraten
hatte.

„Dein Plan ist gut und wohlerwogen," sprach
Hading. „Denn siehe, wenn du deinem Feinde

an das Leben wolltest, so hättet ihr vom Rate
und der Bürgerschaft ihm mit bewaffneter Hand
entgegentreten müssen, und wer weiß, wie vielen
von euch es nachträglich den Kopf gekostet hätte.
Willst du den Tyrannen aber nur unschädlich
machen, daß er fortan unfähig ist, seines Amtes
zu walten, so ist der Zauber unserer Finnen vollauf genügend. Ich selbst bin durch das Verladen
der Felle auf das Schiff verhindert, dich zu begleiten, gebe dir aber meinen treuen Knecht Rolf
mit, der in den Bergen bei den Lappen wohl zu
Hause ist, und wünsche dir heute schon alles Glück
zu deinem Vorhaben."

. Am anderen Morgen in der Frühe brach Petersen mit dem Knechte Rolf und zwei mit Mundvorrat auf mehrere Tage beladenen Saumtieren
auf und wandte sich von der Küste weg in die
Berge, wo die renntierzüchtenden Lappen wohnen
sollten. Schon gegen Mittag sahen sie da und
dort kleine Herden von Renntieren, die von dem
mageren Boden die gelbgrünen Flechten abweideten,
aber Rolf wollte nur von einer kurzen Ruhepause
wissen und sprach: "Von den Lappen, die hier
herum ihre Sitze haben, kannst du nichts erfahren,

denn sie sind nicht in die Geheimnisse der Zauberei
eingeweiht. Willst du Gewißheit haben über das,
was dein Herz bedrückt, so mußt du dich an den
großen finnischen Zauberer Hysi wenden. Der aber
hat sein Zelt weiter drinnen in den Bergen, und
wir haben noch rüstig zu wandern, bis wir zu
ihm gelangen."

Noch zwei Stunden stiegen sie den gewundenen
Pfad bergan, da that sich zur Rechten von ihnen
eine weite Schlucht auf, an deren Eingang drei
Lappen mit ihren Hunden lagerten. „Nun sind wir
nahe am Ziele," sprach Rolf und fragte die
Männer in ihrer Sprache, ob Hysi, noch immer
wie früher, sein Zelt ganz hinten in der Schlucht
aufgeschlagen habe.

„Wie du vermutet, so ist es," sprach der Älteste
der Lappen. „Wir haben ihn, als die Sonne am
höchsten stand, von dem Berge herabsteigen gesehen
und wollen dich und deinen Begleiter zu dem Alten
führen." Deß waren die beiden wohl zufrieden
und folgten den Lappen auf dem Wege durch das
dichtverwachsene, niedere Gestrüpp von Zwergbirken
und Legföhren, bis sie plötzlich vor einem Zelte
aus Renntierfellen standen, aus dessen Spitze ein

dünner Rauch emporstieg. Vor dem Zelte auf
einem moosigen Steine saß, eingehüllt in Renntier-
felle und eine spitze Otterpelzmütze auf dem Kopfe, ein
Mann, der mit scharfem Messer wundersame Zeichen
in einen Stock aus Birkenholz schnitzte. Sein lang
herabfallendes Haar war dunkel, aber die buschigen
Brauen über den Augen waren schneeweiß, und
ein dünner, weißer Bart floß in langen Strähnen
von seinem Kinne. „Das ist Hysi," dachte Petersen
und erbebte in seinem Innersten, als ihn plötzlich
die Augen des alten Mannes, gleich denen eines
wutgierigen Wolfes, anstarrten. Aber schnell faßte
er sich wieder und sprach, indem er näher trat und
eine Handvoll Silber vor dem Steine niederlegte:
„Ein Fremdling aus fernem Lande steht vor dem
großen Zauberer Hysi und bittet um Hilfe gegen
einen Widersacher, der ihn und seine Vaterstadt
gar übel bedrängt. Verzehnfacht soll diese Silber-
gabe werden, wenn mir in sicheren Zeichen eine
Offenbarung baldiger Abhilfe zuteil wird."

Wieder traf ihn ein Blitz aus den Augen des
Zauberers, dann erhob sich der Alte, strich bedächtig das Silber ein und kroch in das Innere
seines Zeltes. Als er wieder heraustrat, trug er

in der linken Hand seinen Kannus, eine länglich-
runde Trommel aus einem ausgehöhlten Abschnitt
eines Birkenstammes, der mit einem Stücke Renn-
tierfell überzogen war; in der Rechten aber einen
Hammer aus Renntierhorn. Auf dem Trommel-
felle waren in drei Abschnitten über einander mit
dem Safte der Erlenrinde seltsame Figuren auf-
gezeichnet, zu oberst der Himmel mit dem Bilde
der Sonne, des Mondes und der Sterne; in der
Mitte die Erde mit Bäumen, mit Menschen und
allerlei Getier; zu unterst aber die Unterwelt mit
den Geistern und Ungeheuern der Finsternis. Nun
setzte er sich, den Kannus zwischen den Beinen,
nieder, legte auf das Bild der Sonne seinen Arpa,
ein Büschel beinerner Ringe, die an einer Saite
von Renntierdarm aufgehängt waren, und sang mit
heller Stimme ein Lied, in dessen Strophen bald
der eine, bald der andere der Lappen, bald alle
drei zusammen mit rauher Kehle einfielen. Aber
die Sonne war nicht willens, den Geist des Zauberers zu erleuchten. Immer stürmischer wurde
sein Gesang, immer düsterer umwölkte sich seine
Stirne. Da warf er sich plötzlich auf die Kniee,
legte den Kannus vor sich auf den Boden und

schlug, begleitet von dem Gesange der Lappen, mit
dem Hammer auf das Trommelfell, anfangs schwach,
dann immer stärker und schneller, bis die Schlucht
von den Schlägen widerhallte und der Arpa in
tollen Sprüngen auf dem Felle herumtanzte.

Auf einmal stürzte er mit geschlossenen Augen
nach rückwärts, schob den Kannus unter seinen
Rücken und verfiel in einen ohnmachtähnlichen
Schlaf, während dessen die Hirten ihren eintönigen
Gesang in gleicher Stärke fortsetzten. Sein vorher
schon düsteres Gesicht wurde nun braun und zuletzt
schwarz, Schweiß rann von seiner Stirne, und blitz-
artige Zuckungen durchflogen seinen Körper. Wohl
eine halbe Stunde mochte er so gelegen haben, endlich seufzte er tief auf, erhob sich langsam und setzte
sich mit geschlossenen Augen auf den moosigen
Stein. Dann hob er an, mit schwacher Stimme
zu reden: „Die Sonne hat mir ihr Licht verwei-
gert, aber auf den Gebieten der Unterwelt ist mein
Arpa liegen geblieben, und der Oberste der Finsternis hat meine Augen erleuchtet, daß ich die Stätte
sah, von der du, o Fremdling, ausgegangen bist, und
den Widersacher erblickte, dessen Tücken an deinem
Herzen nagen. So folge denn mir, damit du mit

eigenen Augen den giftigen Pfeil siehst, den ich
auf die Brust deines Feindes entsende. Ihr anderen aber bleibet zurück und singet das Lied von
Loki und seiner Macht über alle Dinge der Erde!"

Nun erst öffnete er seine Augen, aus denen
ein unheimliches Feuer leuchtete, und schritt, ge-
stützt auf seinen Runenstock, die steile Bergwand
im Hintergrunde der Schlucht mit rüstigen Schritten
empor, sodaß ihm Petersen nur mit Mühe folgen
konnte. Als sie auf der Höhe angelangt waren,
faßte Hysi mit beiden Händen einen schweren Fels-
block und schob ihn mit leichter Mühe auf die Seite.

An der Stelle, wo der Stein gelegen hatte, war
der Boden flach ausgehöhlt, und in dieser Mulde
krochen trägen Leibes mehr als ein Dutzend großer,
blauer Fliegen umher. „Schaue her," sprach der
Alte, „das sind meine Zauberpfeile, die ich in die
ganze Welt entsende. Wehe demjenigen, der von
ihnen getroffen wird, denn ist er nicht sogleich
des Todes, so ist er doch an Leib und Seele gebrochen. Nun sage, soll er sterben, dein Feind,
oder willst du dem schwer Getroffenen noch eine
Frist der Gnade vergönnen?"

Schaudernd erwiderte Petersen: „Ich will nicht

seinen Tod, obwohl ihn der Ruchlose längst verdient
hätte, aber im Innersten getroffen soll er zum Ge-
spötte der Kinder werden und alle Macht über
seine Mitbürger verlieren." „So ereile ihn, was
du gewollt hast," sprach Hysi, nahm die größte der
Zauberfliegen vom Boden in seine hohle rechte
Hand und blies sie mit seinem warmen Atem an,
dazwischen unverständliche Worte murmelnd, bis
die Fliege in seiner Hand anfing, stärker und immer
stärker zu summen. Dann wandte er sein Antlitz
nach Süden, öffnete die ausgereckte Rechte und
rief: „Tihui! Tihui!" Da schwirrte die Fliege
empor, umkreiste dreimal summend das Haupt des
Zauberers und verschwand mit einemmale in der
Richtung nach Süden.

Zu derselben Abendstunde aber, in welcher
Petersen schweigsam zu seinem Diener zurückkehrte,
um in Gemeinschaft mit ihm das Nachtlager zu
beziehen, das ihnen die Lappen in ihren Zelten an-
geboten hatten, saß in dem Ratssaale in Dünenburg der Bürgermeister Hendrik und hatte einer
wichtigen Sache wegen die Ratsherren um sich
versammelt. Die Luft war schwül in dem Saal,
deshalb hatten die Ratsdiener da und dort einen

Fensterflügel geöffnet, aber trotzdem wollte die Röte
von dem Gesichte des Bürgermeisters nicht weichen;
waren doch die Ratsherren wieder einmal so hals=
starrig, daß er aus dem Zorne nimmer heraus=
kam. Plötzlich flog brummend eine große, blaue
Fliege zum Fenster herein, schwirrte über die Köpfe
der Ratsherren hinweg und schoß geradewegs auf
den kahlen Schädel des Bürgermeisters zu. Der schlug
zornig nach ihr mit beiden Händen, aber wie er sich
auch ihrer erwehren wollte, die Fliege wollte nicht
weichen, sondern summte ihm nur noch frecher um
die Ohren. „Es ist doch zum Teufelholen," schrie
der Bürgermeister und schellte den Dienern. „Jagt
mir das Geschmeiß hinaus oder ich jage euch selbst
zum Teufel." Die Diener thaten ihr Bestes mit
Tücherschwenken und Scheuchen, stiegen auf Stühle
und Bänke und konnten ihrer doch nicht Meister
werden. Auf einmal war es stille mit dem Ge=
summe. Die Fliege mußte zu Boden geschlagen
oder durch ein Fenster entflogen sein. Sie aber
war weder tot noch entflogen, sondern saß vorn
auf der Halskrause des Bürgermeisters und schickte
sich an, von da zwischen Hemd und Brust hinab=
zukriechen.

Dessen hatte der zornige Mann keine Ahnung, wohl aber fühlte er, wie es ihm übel wurde, hob deshalb die Sitzung auf und verließ mit wanken= dem Schritte das Rathaus. Kaum aber hatte er den Markt betreten, über welchem schon die Abend= schatten lagerten, so fühlte er vorn auf der Mitte der Brust zwei heftige Stiche, daß er am ganzen Körper erbebte und wütend vor Schmerz in die Worte ausbrach: „Hol' mich der Teufel, wenn ich nicht heute noch aus der Haut fahre!" In diesem Augenblick zerriß ihm die Haut an der Stelle, wo ihn die Fliege gestochen hatte, und mit einem Knalle, gleich dem einer geplatzten Blase, fuhr der Bürger= meister aus Haut und Kleidern und durfte von Glück sagen, daß sein Haus in der Nähe stand, in das er eilends flüchten konnte.

Der Teufel aber, der schon lange auf den Bürgermeister gelauert hatte, saß in Gestalt eines Käuzleins auf einem Wasserspeier des Rathauses und wollte sich eben auf die abgestreifte Haut stürzen, da kamen ihm zwei Handwerksbursche zuvor, die eben um die Ecke traten. Der eine hieß Kaspar Kalbfell und war ein Schustergeselle aus Schwaben, der andere war ein Gerber aus Sachsen mit Namen

Anton Lohmeier. Als sie die Kleider daliegen sahen, liefen sie beide hinzu und wollte jeder allein den Raub erwerben. Indem sie aber, einer an diesem, der andere am anderen Ende zogen, rissen sie die Beute mitten auseinander, also daß der Schuster den oberen, der Gerber aber den unteren Teil in der Hand behielt. Nachdem sie sich um- geschaut, ob sie von niemand bemerkt worden seien, packte jeder sein Bündel zusammen und eilte schnellen Schrittes in seine Herberge.

So hatte der Schuster noch niemals seine Augen aufgerissen, als an diesem Abend, da er in seiner Schlafkammer beim Scheine eines Talglichts das Kleiderbündel auseinanderlegte und ganz innen unter dem Rocke und Hemde die Menschenhaut entdeckte. „Potz Donner und Blitz,“ sprach er für sich. „Da hat einer in Gedanken nicht bloß sein Hemd, sondern auch seine Haut mit ausgezogen. Was fang' ich mit dem Häutlein an? Wegwerfen? Das wäre doch schade, denn es ist so gut, wie das beste Saffianleder. Will doch einmal sehen, ob es nicht zu einem Koller unter dem Hemde langt.“ So schnitt er geschwind mit seinem Schusterkneip den Kopfteil und die Handteile ab und fuhr mit

bloßem Leibe hinein, und siehe da, das Koller saß
ihm wie angegossen, die abgeschnittenen Handteile
aber spannte er aus und gedachte sie als Handschuhe für den Sonntag zu benützen.

Nicht minder verwunderte sich der sächsische
Gerber, als er am anderen Morgen in die ge-
fundenen Hosen fuhr und in denselben die menschen-
ledernen Unterhosen und die daran gewachsenen
Lederstrümpfe bemerkte. Er zog seine Augenbrauen
in die Höhe, spitzte seinen Mund und sprach: „Ei
Herrjeses, das heiße ich eine schöne Bescherung!
Möchte doch das rare Kalb sehen, auf dem diese
Haut gewachsen ist! Nu meinetwegen! Müßte ja
ein Esel und nicht der helle Anton sein, wenn ich
nicht die Unterhosen mit samt den Hosen behielte."
Dieweil ihm die Sache aber doch nicht geheuer
vorkam, packte er eiligst seinen Ranzen und suchte
seinen Kameraden, den Schuster, auf, um schleunigst
die Stadt zu verlassen, denn das Pflaster derselben brannte ihnen ganz bedenklich unter den
Füßen.

Während dieser Zeit aber war es in dem
Hause des Bürgermeisters zugegangen, als wäre
es nicht um Sommerjohanni, sondern um Faschings-

zeit gewesen. Als nämlich der Bürgermeister ohne
Haut und zähneklappernd in seinem Hause die
Treppe hinaufrannte, stieß er in dem dämmerigen
Hausflur auf die Magd, welche eine Schüssel mit
Braten dahertrug. Die hatte wohl schon Menschen
ohne Hemd, aber noch keine ohne Haut gesehen,
schrie vor Schreck laut auf und ließ die Schüssel
mit dem Braten fallen. Darauf öffnete sich die
Stübenthüre, und heraus trat die Bürgermeisterin
mit ihrem erwachsenen Sohne. „Was hast du
wieder angestellt, du Gans?" wollte sie sagen,
aber als sie den Mann ohne Haut bemerkte, blieb
ihr das Wort in der Kehle stecken, und sprachlos
vor Staunen flüchtete sie zurück in die Stube.
Darauf rief der Sohn voll Entrüstung: „Wie
kommst du da herauf, du Schelm?" und wollte
den Zitternden die Treppe hinabwerfen, als dieser
jedoch seinen Mund öffnete und seinen Namen
nannte, erkannte er mit Entsetzen, daß es sein
Vater sei, und rief die Mutter, um ihn so schnell
wie möglich zu Bette zu bringen. Dort warfen sie
eine Menge Betten auf ihn, konnten aber den Frost
und das Zähneklappern nicht bewältigen; so schickte
denn die Bürgermeisterin ihre Magd zu dem Doktor

Kabeljau, er möchte sogleich kommen, ihr Mann,
der Herr Bürgermeister, sei ohne Haut heimge-
kommen und wisse sich vor Zähneklappern nicht
zu helfen.

„Was? ohne Haut?" lachte der Doktor.
„Wird wieder so ein rechter Zorn sein, in welchem
er sich immer vermißt, aus der Haut zu fahren.
Sage der Frau Bürgermeisterin, ich komme bald."
Sprach's und setzte sich ruhig nieder, um an seinem
gelehrten Werke über die Hühneraugen und Leich-
dorne weiterzuschreiben. Als aber die Magd gleich
darauf wieder daherrannte, hielt er es doch für
geraten, Hut und Stock zu nehmen und sich an
das Bett des Bürgermeisters zu begeben.

Und nun sah er zu seiner großen Verwunderung, daß er doch nicht umsonst gerufen worden war.
Hätte er nicht das Rollen der Augen gesehen und das
Klappern der Zähne gehört, so hätte er die Jammer-
gestalt, die vor ihm im Bette lag, für einen der
traurigen Körper halten müssen, die seinerzeit ihm
und den andern Studenten in Bologna zum Präpa-
rieren der Muskeln übergeben waren. Aber weg
mit solchen Gedanken! Der Mann da vor ihm
lebte und forderte seine schleunigste Hilfe. Schnell

entschlossen ließ er ein warmes Bad bereiten und
den Mann ohne Haut hineinsetzen, und siehe da,
die Wärme that ihm gut und jetzt erst konnte er
sprechen und sein Erlebnis im Ratssaale und auf
dem Markte erzählen. Da merkten sie, daß der
Böse seine Hand im Spiele hatte, und schickten
eiligst zu dem Pater Aurelian von den Kapuzinern,
daß er den finsteren Mächten entgegentrete. Der
kam, sprach seine Gebete und goß Weihwasser in
die Badewanne, aber deſſentwegen wuchs dem
Bürgermeister keine Haut und seine Unruhe wurde
wieder immer stärker. So nahmen sie ihn heraus,
salbten ihn am ganzen Körper mit warmem Öle und
wickelten ihn in Baumwolle, daß er aussah, wie eine
große Gans, die bis auf die Dunen gerupft ist.

Und so lag er Tag für Tag, hilflos wie ein
Kind, das gewartet und gefüttert werden muß,
und die Kunde von seinem Zustande verbreitete
sich wie ein Lauffeuer durch alle Gassen der Stadt.
Da waren aber nur wenige, die ihn bemitleideten.
Die meisten gönnten ihm seine Strafe und sprachen
für sich oder laut auf der Straße: „Geschieht ihm
ganz recht! Hätte ihn der Teufel nur gleich ganz
mit Haut und Haar von uns genommen!"

Derlei Gerede zu hören, wäre freilich nicht nach dem Sinne des Bürgermeisters gewesen, denn der wollte nichts vom Abscheiden hören und setzte seinem Arzte täglich zu, daß er auf Mittel und Wege sinne, wie er wieder zu seiner Haut und zur Führung seines Amtes gelange. Aber ob ihn derselbe in Loh badete, mit Honig bestrich oder mit Mehl bestreute, so wollte sich doch nirgends ein Fleckchen Haut, auch nicht von der Größe eines Fingernagels, ansetzen.

Da erschien eines Tages im Hause des Bürgermeisters der jüdische Arzt Hayman, der draußen in der Hafenvorstadt wohnte und bei den Fischern und Bootsleuten wegen seiner Geschicklichkeit in hoher Achtung stand, und erbot sich, die verloren gegangene Haut wieder zu ersetzen, wenn man ihn gewähren ließe. „Und wie wolltest du das machen?" fragte ihn der Bürgermeister, der ihn sogleich an sein Bett hatte rufen lassen.

„Gott der Gerechte, ist doch nichts einfacher als das! Als ich bin gewesen Studierens halber in Salerno, hat ein böser Hund einem Mann gerissen ein großes Stück Haut aus dem Rücken und ist die Haut nicht mehr worden gefunden. Was hat gethan der Professor? Er hat genommen von der frischen Haut eines eben Gerichteten ein gleich großes Stück und hat es genäht dem Mann auf den Leib, und nach acht Tagen ist derselbe wieder gegangen, wohin er gewollt hat. So möchte ich Euch aufnähen die frisch abgezogene Haut des roten Jan, der morgen soll gerichtet werden mit dem Schwerte, und möchte bitten um einen schriftlichen Ausweis, daß mir der Nachrichter den Körper überliefert."

„Bist du verrückt, Jude?" schrie der Bürger= meister, „oder glaubst du denn wirklich, daß ich, der Bürgermeister von Dünenburg, in die Haut des Raubmörders Jan schlüpfen werde? Hinweg mit dir und komme mir nie mehr unter die Augen!" Betroffen zog sich Hayman zurück, aber unter der Thüre drehte er sich noch einmal um und sprach: „Wie Ihr wollt, gestrenger Herr Bürgermeister. Besinnt Euch wohl, ich werde morgen wieder kommen."

Und er kam den anderen Tag wieder und wurde zu seinem Erstaunen sogleich vorgelassen. „Nun, habt Ihr Euch besonnen?" fragte Hayman, seinen Kopf von der einen zur anderen Seite wiegend.

„Auch ich habe mich besonnen und will, wenn Ihr
nicht wollt haben eine Menschenhaut, Euch ein=
nähen in die frische Haut eines Tieres." „Und
du glaubst, daß dieselbe anwachsen würde?" fragte
der Bürgermeister. Voll Zuversicht erwiderte Hay=
man: „Ja, Herr, ich hoffe es, wenn auch sind viele
Tage seit dem Unfall vorbeigegangen. Nun habt
Ihr die Wahl zwischen Pferd, Esel, Ochs, Ziegen=
bock und Hammel, denn ein Schwein zu berühren
ist mir verboten nach dem Gesetze meiner Väter."
Da fing der Bürgermeister trotz seines Elendes an
zu lachen und sprach: „Seid ohne Sorge, Meister
Hayman! Ehe ich mich in Schweinsleder binden
ließe, wollte ich lieber ungebunden mein Leben
fristen. Dieweil ich aber doch einer Tierhaut
bedarf, so würde mir am besten die Haut eines
Schafes taugen."

So wurden denn in Eile zwei schöne Widder
geschlachtet und abgezogen, und Hayman machte sich
mit Eifer daran, die geschorenen Felle mit Nadel
und Seide auf den Körper des Bürgermeisters auf=
zunähen. Wohl rann ihm ob der schweren Arbeit
der Schweiß von der Stirne, aber als er nach
drei Stunden den letzten Stich gethan hatte, konnte

das Werk seinen Meister loben; war doch am ganzen
Körper nirgends mehr eine bloße Stelle zu entdecken. Auch der Bürgermeister war wohl zufrieden
und sprach: „Höre, Jude, wenn dein Werk gelingt,
so will ich dich mit Gold aufwägen, darum schaue
wohl zu, daß du meiner fleißig wartest!"

Das ließ sich Hayman nicht zweimal sagen.
Er kam den anderen Tag und fand die Haut in
gutem Stande; er kam den dritten Tag und war
immer noch, wie er im Hause des Bürgermeisters
sagte, wohl zufrieden. Draußen aber schüttelte er
bedenklich seinen grauen Kopf, und als er wieder
kam, war die Haut nur am Kopfe angewachsen,
am übrigen Körper aber welk und faul, also, daß
sie mit leichter Mühe abgezogen werden konnte.
Da stieß der Bürgermeister seine gräßlichsten Flüche
aus, warf dem Arzte einen Beutel mit Geld zu
und befahl ihm schleunigst sein Haus zu verlassen,
dieweil er nie mehr etwas mit ihm zu thun haben
wolle.

Traurigen Gemütes schlich Hayman von dannen
und hätte auch keiner Menschenseele etwas von der
Geschichte verraten, da er sich seines Mißgeschickes
schämte. Da nun aber die Wolle auf dem Kopfe

und in dem Gesicht des Bürgermeisters also wuchs,
daß sie geschoren werden mußte, ließ dieser den
Barbier Schaber rufen, daß er ihn rasiere. Der
erschien mit vielen Bücklingen und begann ihn mit
allem Ernste einzuseifen, obwohl ihm vor Lustig-
keit über den wunderlichen Anblick das Herz im
Leibe hüpfte. Während dem wurde vor dem Hause
eine Schafherde mit blökendem Geschrei der Alten
wie der Jungen vorbeigetrieben. Da warf sich der
Bürgermeister erst unruhig im Bett hin und wieder,
plötzlich aber that er seinen Mund auf und schrie
aus vollem Halse: „Mäh! mäh!" Als dies der
Barbier hörte, platzte er laut heraus mit Lachen,
raffte Seifenbüchse und Messer zusammen und
rannte lachend die Treppe hinunter. „Wollt ihr
etwas Neues wissen?" raunte er den Leuten auf
dem Markte zu, die ihn ob seinem Lachen für einen
Verrückten angafften. „Ha, ha, ha, der Bürgermeister hat einen Schafkopf und blökt wie ein
alter Hammel." Und „hahaha" pflanzte sich das
Gelächter durch alle Straßen fort, und „hahaha"
und „hihihi" lachten alle Leute am Hafen, als gerade Herr Petersen nach glücklicher Heimfahrt eben
sein Schiff verließ, um in die Arme seiner Lieben

zu eilen. „He, was ist denn heute bei euch los?"
fragte er ebenfalls lachend sein Weib. Aber als
ihm diese mitteilte, was sich die ganze Stadt erzählte, wurde er stille und zog sein Weib in die
nahe gelegene Wohnung. „Der finnische Zauber
hat geholfen," rief er triumphierend und war im
Innersten betroffen, als er Tag und Stunde erfuhr, seit welcher der Bürgermeister auf Nimmer-
wiedersehen das Rathaus verlassen habe. „Nun
gilt es doppelt zu schweigen," sprach er. „Denn
keine Menschenseele außer uns darf wissen, daß es
ein Zauber ist, durch welchen der böse Hendrik seine
Haut verloren hat."

Tags darauf traten die Ratsherren zusammen
und wählten statt des Hendrik den ehrsamen Petersen als dessen Stellvertreter. Der gab sogleich
Befehl, die gefangenen Ratsherren freizulassen, und
ernannte drei Abgesandte, welche über das, was
sich in Dünenburg zugetragen, sowie über den Zu-
stand des Hendrik und dessen Stellvertretung durch
Petersen dem Herzog Bericht erstatten sollten.
Während dem aber die Drei auf der Reise waren,
begab es sich, daß von den Stadtknechten in dem
nahen, großen Walde eine Bande von Dieben und

Räubern eingefangen und wohl gefesselt in die Stadt
hereingebracht wurde. Obwohl nun des Raubes
aus der Stadt und den nächsten Dörfern eine Menge
bei ihnen gefunden wurde, waren die meisten der
Räuber doch trotzigen Sinnes und konnten erst
durch das peinliche Verhör zum Geständnis gebracht
werden. Nur zwei von ihnen, als welche sich Kaspar
Kalbfell aus Schwaben und Anton Lohmaier aus
Sachsen nannten, gaben aus freien Stücken an,
was sie verbrochen hatten, wurden deshalb aus
besonderer Gnade zum Tode durch den Strang
verurteilt, die übrigen aber sollte der Nachrichter
erst rädern und darauf ihre Köpfe auf Spießen auf
die Stadtmauer stecken. Als nun den Zweien ihr
Urteil gesprochen war, erbaten sie sich, noch einmal vor
den Richter geführt zu werden, dieweil sie noch eine
andere Schuld zu bekennen hätten. Da gaben sie
denn an, daß sie an dem und dem Tage in der
Dämmerstunde auf dem Markte gegenwärtiger Stadt
ein Habit mit darin steckender frischer Menschenhaut gefunden und dasselbe behalten und unter sich
geteilt hätten. Zum Beweise knüpften sie ihre
Kleider auf und zeigte sich jetzt, daß der Schuster
ein Koller, der Gerber aber Hosen und Strümpfe

von Menschenhaut auf dem bloßen Leibe trug. Als
weiteren Beweis zog der Schuster ein Paar menschen-
lederne Handschuhe aus der Tasche, wie sie kunst-
reicher, ohne Zwischenstück und Naht, noch niemals
gesehen wurden. Da sprangen die Richter staunend
von ihren Sitzen auf und steckten ihre Köpfe zusammen. „Sollte es möglich sein, daß durch diesen
absonderlichen Zufall die verlorene Haut des Hendrik
wieder gefunden war?" Schnell ließen sie die beiden
Malefikanten ihres Raubes entledigen und schickten
einen Diener mit den abgezogenen Hautstücken zu
Hendrik, ob er dieselben als ihm gehörig erkenne.

Der lag voll Zornes und Mißmutes in seinem
Bette und wollte von keinem Menschen etwas
wissen. Als ihm aber gemeldet wurde, daß ein
Diener vom Gerichte mit einem Packe Menschenhaut draußen stehe, richtete er sich jählings auf
und hieß den Mann hereintreten. „Gieb her,"
rief er ihm zu und griff mit beiden Händen nach
dem Packe. Da ging ein wunderbares Rieseln
und Prickeln durch seinen Körper; ganz von
selbst löste sich die Baumwolle, in die er ge-
hüllt war, und als er jetzt mit der Behendigkeit
eines Jünglings in das Koller und die Unterkleider

fuhr und die Handschuhe ohne Zuthun an seine Hände flogen, fing die dürre Haut an, sich zu röten und zu erwärmen, und legte sich überall so geschmeidig um seinen Körper, als wäre sie niemals von ihm getrennt gewesen.

Dessen war Hendrik über die Maßen froh, schloß den Diener voll Freude in seine Arme und überhäufte ihn mit den reichsten Geschenken. „Aber wo ist die Haut meines Kopfes?" fragte er plötzlich und griff nach Scheitel und Wangen, wo ihm in üppigen Büscheln die Wolle sproßte. Der Diener ging und brachte den Bescheid, daß der eine der Diebe das Kopfstück der Haut abgeschnitten und weggeworfen habe und daß, soviel man auch mit allem Fleiße gesucht, doch niemand seither desselben habhaft geworden sei. Da tobte und wütete Hendrik wie ein Rasender, wünschte den Schuster in die tiefste der Höllen, fluchte dem Juden Hayman, der ihm die Schafhaut aufgenäht habe, und verwünschte zuletzt sich selbst mit solch' greulichen Reden, daß dem Diener des Gerichtes die Haare zu Berge standen und er eiligen Fußes davonlief. Auf dem Dache des Hauses aber saß das Käuzchen und schrie: „Komm mit! Komm mit!" An dem Abende, da

der Bürgermeister aus der Haut fuhr, war es dem
Schuster in dessen Herberge gefolgt und hatte die
weggeschnittene Kopfhaut eiligst als Faustpfand
für künftige Zeiten davongetragen.

Und nicht lange mehr hatte der Teufel auf
seine Beute zu harren. Eines Tages nämlich kamen
die Drei vom Rate, welche zum Herzog gesandt
waren, zurück, und mit ihnen ein Abgesandter des
Herzogs. Der begab sich, gefolgt von den drei Ratsherren, noch am nämlichen Tage zu Hendrik und
sagte ihm im Namen des Herzogs, daß er nur dann
wieder Bürgermeister von Dünenburg werden könne,
wenn er seines Schafskopfes wieder verlustig werde,
denn einen solchen könne der Herzog nicht brauchen.
Da fing Hendrik, der vorher aufrecht vor dem Ab-
gesandten gestanden hatte, bedenklich an zu wanken,
fiel der Länge nach hin und ward für tot vom
Boden gehoben. „Ein Stick- und Schlagfluß
hat den Herrn getroffen," sagte Doktor Kabeljau,
der schleunigst am Platze war, und sprach noch viel
von plethorisch-apoplektischem Habitus. Das Volk
in der Stadt aber hatte seine eigenen Gedanken,
und als am anderen Morgen der Leichnam des
Hendrik aus der Totenkammer verschwunden und

nur die schaflederne Kopfhaut auf dem Lager zu-
rückgeblieben war, wußte es die ganze Stadt, daß
der Teufel den Hendrik ungesehen erwürgt und in
der Nacht zur Hölle geschleppt habe.

Tripstrill und die Pelzmühle.

Ein balneologisches Märchen aus dem alten Schwabenlande.

Wie alt die Jungfer Susanna war, die mit ihren Vögeln, Katzen und Hunden das steinerne Erkerhaus auf dem Markte der Reichsstadt Heil= bronn bewohnte, wußte niemand zu sagen. Sie selbst darnach zu fragen, hätte niemand gewagt, denn wenn sie ihren zahnarmen Mund öffnete, der von der langen, schmalen Nase in bedenklicher Weise überragt war, so durfte man auf eine spitze Antwort gefaßt sein. Ebenso wenig war von ihrer alten Magd Grete zu erfahren, welche still ihres Weges ging und auf keinerlei Geschwätz und Ge= rede achtete. Nur so viel wußten die älteren Leute

zu erzählen, daß sie wohl schon mehr als fünfund-
zwanzig Jahre seit dem Tode ihrer Mutter und ihres
Vaters, des reichen Ratsherrn Vogt, die beide an
einem Tage an der Pest gestorben seien, das Erkerhaus
allein mit ihrer Magd bewohne. Ja früher, zu
Lebzeiten ihrer Eltern, solle sie eine sehr hoffärtige
Dirne gewesen sein, die sich auf ihr hübsches Gesicht und ihren Reichtum gewaltig viel eingebildet
und alle Freier durch ihr schnippisches Wesen ab-
gestoßen habe. Nach und nach sei sie etwas weniger
wählerisch geworden und habe sich alle Mühe gegeben, einen der jungen Männer, etwa auch einen
Witwer, zu ergattern, aber es habe keiner die
Kurasch dazu gehabt, und so führe sie jetzt das
einsame Leben mit ihrem Geziefer, sei gegen jeder-
mann giftig und lasse den Armen jährlich nicht
einen roten Heller zu ihres Lebens Notdurft zukommen.

Da ging auf einmal in der ganzen Stadt das
Gerede, die Jungfrau Susanna sei aberwitzig geworden. Und wer sie jetzt daherkommen sah, auf-
gedonnert mit den neuesten Hauben und Kleidern
aus Nürnberg und mit Schnabelschuhen aus rotem
Saffian, wie sie nur die jungen Dirnen zu tragen

pflegten, der mußte wohl denken, daß irgend eine
Schraube in ihrem armen Kopfgehäuse lose ge=
worden sei. Sie war aber mit nichten verrückt,
sondern der blonde Gehilfe des Stadtschreibers,
der gegenüber von ihrem Hause täglich aus= und
einging, hatte ihr altes Herz noch einmal in lichter=
lohe Flammen versetzt. Ach, was war er doch für
ein hübscher, feiner Mann! Ach, wie wußte er
seine Beine beim Gehen so zierlich zu setzen! Und
ach, wie stand ihm der Schnurrbart so gut, dessen
Spitzen er immer wieder mit den Fingern in die
Höhe drehte! Hätte er nur eine Ahnung gehabt
von der stillen Liebe, die ihm seine Nachbarin
über die Straße entgegentrug! So aber wandelte
er seine eigenen Wege, strich in freien Stunden
den flinken Dirnen nach und achtete, wenn er am
Schreibtische saß, nicht der empfindsamen Lieder,
deren schrille Töne, begleitet von dem Klange
einer Mandoline, vom Erkerhause herüberdrangen.
Als er aber eines schönen Tages auf seinem
Schreibpulte ein Brieflein fand, worin ihm die
wohlbekannte alte Jungfer ihr Herz und ihre
Dukaten zu Füßen legte, da brach er in ein solches
Gelächter aus, daß ihn der Stadtschreiber auf der

anderen Seite des Pultes mit bösen Augen ansah
und ihm erklärte, er müsse sich solche Allotria
während der Amtsstunden allen Ernstes verbitten.

Auch die Jungfer Susanna hatte das Lachen
von ihrem Fenster aus wohl gehört und die Be=
deutung desselben nur zu gut verstanden. Nun
war ihre Hoffnung auf Gegenliebe für immer be=
graben, und jammernd brach sie in ihrem Erker
zusammen. Als sie sich wieder aufgerafft hatte
und leise weinend am Fenster saß, hörte sie, wie
der Papagei in dem Käfige neben ihr sagte:
„Geh nach Tripstrill in die Pelzmühle!" Erst
achtete sie nicht weiter darauf, da der Vogel aber
weiter plauderte und immer wieder die Worte
„Tripstrill" und „Pelzmühle" wiederholte, die sie
nie vorher von ihm gehört hatte, rief sie ihre alte
Magd Grete herein und fragte sie, ob sie von
einer Pelzmühle in Tripstrill etwas wisse und wo
besagter Ort gelegen sei. Die riß verwundert
die Augen auf, wußte nichts zu sagen und dachte
für sich im Stillen, ihre Herrin müsse vollends
ganz hinübergeschnappt sein.

„So mache, daß du fortkommst, du Gans!"
rief Susanna. „Spute dich und laufe hinüber zu

dem Doktor Kluge, ich lasse ihn bitten, zu mir
herüberzukommen.

Der kam und vermeinte, wieder einmal in
Sachen des Geldes befragt zu werden, dieweil er
als Anwalt schon seit dem Tode ihrer Eltern ihr
Vermögen verwaltete. Als sie ihn aber mit der
Frage empfing, wo Tripstrill und die Pelzmühle
gelegen sei und was es damit für eine Bewandtnis
habe, da lachte er erst verlegen und wollte mit
der Sprache nicht heraus. Sie aber drängte ihn
und verlangte auf der Stelle eine Antwort. „Weil
Ihr es denn durchaus wissen wollt," sprach er,
„so will ich Euch sagen, daß in Tripstrill die
Pelzmühle stehen soll, wo, mit Vergunst, die alten
Jungfern und Weiber ihre alten Pelze abwerfen
und wieder jung werden." „Ha," rief Susanna,
„das wäre! Und wo liegt dieses Tripstrill, wenn
man fragen darf?" „Da fragt Ihr mehr, als ich
selbst weiß," antwortete der Doktor. „Ich selbst
bin noch nie dort gewesen, weil die Mühle ja nur
für alte Jungfern und nicht für Junggesellen ist.
So erlaubet denn, daß ich mich empfehle."

„Warte, alter Grobian, dir werde ich's ein=
tränken," sprach Susanna für sich, als der Doktor

ihre Stube verlassen hatte. Weinend vor Zorn
stampfte sie mit dem Fuße; denn wenn es eine
solche Mühle gab, so mußte sie dahin gelangen, und
koste es, was es wolle. Da fing der Papagei auf
einmal an zu sprechen:

„Weine nimmer, sei nur still!
Am Michelsberge liegt Tripstrill."

Ha, schon wieder der Vogel! Wenn alles sie
verließ, so war er noch das einzige Wesen, das es
gut mit ihr meinte. Schnell trocknete sie ihre Thrä=
nen, nahm den Vogel liebkosend auf den Finger und
gab ihm die süßesten Schmeichelnamen. „Am Michels=
berge hast du gesagt? Am Michelsberge, wo der
Erzengel Michael im siegreichen Kampfe mit dem
Bösen die Feder aus seinem Flügel verloren hat, die
jetzt noch in der Kapelle auf dem Berge aufbewahrt
wird? Ja, nur dort kann die wunderbare Quelle
fließen, durch welche uns armen alten Jungfern die
verlorene Jugendschöne wieder gegeben wird."

Aber wie dorthin gelangen als alleinstehende
alte Jungfer? Die ganze folgende Nacht lag sie schlaf=
los auf ihrem Lager und sann und sann, wie es
ihr am besten gelingen möchte. Am anderen Morgen

aber war ihr Plan gefaßt. Sie ließ den Fuhrmann
Treiber kommen und hieß ihn mit seinem besten
Wagen vorfahren, dieweil sie im Sinne habe, zur
Stärkung ihrer Gesundheit in das Bad Wimpfen
zu fahren. Als nun alle die Kisten und Schachteln
aufgeladen waren, setzte sich die Jungfer Susanna
in ihrer besten Haube oben auf und fort ging es
durch das untere Thor hinaus auf die Straße nach
Wimpfen. Dort hieß sie den Fuhrmann zu seiner
großen Verwunderung halten und umdrehen, da
sie sich anders besonnen habe und nicht nach Wimpfen,
sondern an den Michelsberg fahren wolle. „Mir
auch recht, wenn ich nur meinen Lohn habe,"
brummte der Fuhrmann und lenkte die Pferde hart
an der Stadtmauer vorbei zurück auf die Straße
nach Lauffen, fuhr hier auf der steinernen Brücke
über den Neckar und von da nach dem alten Städt=
chen Bönnigheim. Nach kurzer Rast ging es weiter
auf einer schmalen Nebenstraße, welche in die Berge
des Strombergs führte, und schon von der Ferne
sah man aus den Wäldern einen Bergkegel mit
einer Kapelle auf der Spitze hervorragen. „Das
ist der Michelsberg," sagte der Fuhrmann und
deutete mit der Peitsche nach der Spitze.

Als sie nun näher gekommen waren, stieg Susanna ab und befahl dem Fuhrmann, langsam nach-
zufahren, sie selbst aber wollte vorangehen, um,
wie sie sagte, nach einer Schenke oder einer anderen
Unterkunft auszuschauen. Der Weg führte jetzt an
einem munteren Bache dahin, der aus dem grünen
Waldthale vor ihr herauskam und murmelnd und
plaudernd seine klaren Wellen ihr entgegenrollte, als
wollte er sie einladen, nach seiner verborgenen Quelle
im Waldesdunkel zu suchen. Die Blumen blühten
und dufteten im Maiensonnenschein, und die Vögel
sangen von allen Zweigen, aber Susanna empfand
nichts von dem wonnigen Waldesfrieden, sondern
schritt stolz dahin, wie der Pfau im Hühnerhofe,
bis sie auf einmal das Klappern einer Mühle zu
hören glaubte. Und richtig, wie sie wieder um
eine Krümmung des Weges bog, sah sie weiter oben
am Bache eine Mühle mit einem großen Rade und
daneben ein kleines Haus, vor welchem auf Bänken
im Schatten schöner Bäume wohl ein Dutzend alte
Weiblein saßen und strickten. Auch etliche blutjunge
Dirnen waren zu sehen, die schwangen sich auf dem
grünen Anger im Tanze, dieweil eine andere am
Bache saß und auf ihrer Laute ein Maienlied voll
Lust und Fröhlichkeit zum Besten gab.

Als Susanna herantrat, erhob sich die mit der
Laute und grüßte artig mit Verneigen des Kopfes.
„Was ist das für eine Mühle?" fragte Susanna.
„Ich höre wohl ihr Rauschen, aber ich sehe nirgends
weder Körner noch Mehl umherliegen." Lachend
erwiderte die Junge: „Drum ist es die Pelzmühle,
wo die alten Weiblein und Jungfern wieder jung
gemahlen werden. Seht, wir Jungen da waren so
alt oder noch älter, als die, welche da auf den
Bänken sitzen und stricken, und doch ist uns wieder
aufs neue des Lebens Mai erblüht. Die anderen
müssen warten, bis an sie die Reihe kommt, denn
es läuft nur e i n Gang in der Mühle."

„Das ist ja herrlich," rief Susanna und schlug
vor Freude die Hände zusammen. „Und was kostet
es denn, wenn man sich mahlen läßt?" „Nichts
kostet es, gar nichts," erwiderte die Junge. „Fragt
nur den Müller, der dort gerade unter der Thüre
steht." Als Susanna dahin blickte, sah sie unter
der Thüre ein eisgraues Männlein mit langem
Barte stehen, das mochte wohl nur zwei Schuh in
der Höhe messen, hatte eine spitze, weiße Zipfelmütze
auf dem Kopfe und eine weiße Schürze vorgebunden.
Auch ein kleines Weiblein trat jetzt heraus, das trug

ebenfalls ein blütenweißes Schürzlein und auf dem
Kopfe eine weiße Haube mit breiten, weißen Bändern.

Wie nun Susanna dastand und nicht wußte,
was sie reden sollte, trat das kleine Männlein zu
ihr heran und sprach mit seiner feinen, hellen
Stimme: „Ich kenne dich gut, Jungfer Susanna,
weiß auch wohl, was dein Begehr ist. Du möchtest
wieder jung werden, um das Leben, das du hinter
dir hast, wieder von neuem zu beginnen. Aber in
meiner Mühle werden nur solche jung gemahlen,
die vermeinen, in ihrem Leben der Gutthaten nicht
genug vollbracht zu haben, und wieder jung werden
wollen, um das etwan Versäumte nachzuholen.
Darum kehre nur um mit deinen Kisten und Schach=
teln, in meiner Mühle ist kein Platz für solche,
welche nur der Eitelkeit fröhnen."

Als so das kleine Männlein redete, war es
der Jungfer Susanna, als ob ein Schleier von ihren
Augen weggezogen würde. Wie im Spiegel sah
sie auf einmal ihr ganzes Leben vor sich liegen,
wie sie immer an sich und nur an sich gedacht und
kein Auge für den Jammer der anderen gehabt
habe. Voll Scham schlug sie beide Hände vor ihr
Gesicht und fing an, bitterlich zu weinen. Da

fühlte sie, wie etwas an ihrer Schürze zupfte, und wie sie hinabblickte, stand das kleine Weiblein mit der weißen Haube vor ihr und sprach: „Nicht verzagen, Jungfer Susanna! Mein Mann ist nicht so böse, als er aussieht. Nicht wahr, Alterchen?" „Nun ja," erwiderte das Männlein, „sie mag meinetwegen im nächsten Lenz, wenn der Kuckuck schreit, wiederkommen und es probieren. Da wollen wir weitersehen. Und damit Gott befohlen!"

So mußte sie denn unverrichteter Sache wieder von bannen ziehen. Aber jetzt schon wieder nach Hause zurückzukehren, da alle Welt sie im Bade vermutete, hätte sie nicht übers Herz gebracht, darum befahl sie dem Fuhrmann, sie jetzt doch auf dem nächsten Wege nach Wimpfen zu führen, und kopfschüttelnd und im Stillen über die verrückten Weibspersonen scheltend lenkte derselbe seine Rößlein wieder auf die breite Straße entlang dem linken Ufer des Neckars.

Als sie im Wimpfener Bade angekommen war, vermeinten die Gäste, die dort versammelt waren, die reiche Susanna zu allerlei Kurzweil und Lustbarkeit heranzuziehen, sie aber ließ sich außer dem Bade nur auf einsamen Spazierwegen blicken und

wünschte den Tag herbei, da die Badezeit vorüber
wäre. Darüber fielen hinter ihrem Rücken viele
spitze Worte; noch mehr aber verwunderten sich die
ehrsamen Heilbronner, als sie eines Tages unver=
hofft zurückkehrte und nun auf einmal in ihrem
Hause Dinge vornahm, an die kein Mensch gedacht
hätte. Nicht nur, daß sie die Vögel alle bis auf
den Papagei fortschaffen ließ; auch die Katzen mußten
weg und die schönen fette Möpse, deren sie ein
ganzes Dutzend besaß, wurden überallhin verschenkt,
wo sich irgend ein Liebhaber zeigte. Dafür füllte
sich ihre Stube mit kleinen, armen Mädchen, die
jeden Morgen sauber geputzt zu ihr kamen und
abends wieder weggingen, nachdem sie von der
Jungfer gespeist und gekleidet und im Stricken und
Nähen unterrichtet worden waren. Unbenützt hing
die Mandoline an der Wand, denn ihre Besitzerin
hatte Besseres zu thun, als empfindsame Lieder an
den Mond und die Sterne zu singen. Dies wußte
am besten die alte Grete, deren alte Füße jeden
Tag müde genug wurden von dem Austragen von
Speisen, welche ihre Herrin für die Armen gekocht
hatte. Und wer war die in einen weiten Mantel
gehüllte Frauengestalt, die mit ihrem Laternchen

in der Hand in der Dunkelheit der Nacht von Hütte
zu Hütte eilte, um den Leidenden Trost und Hilfe
zu bringen? Das war dieselbe Susanna, die noch
vor wenigen Wochen keinen Schritt in eine solche
Hütte gemacht hätte, und wenn sie auf der Straße
einem Armen begegnete, vor Ekel den Saum ihres
Kleides an sich zog, um ja nicht mit ihm in Be=
rührung zu kommen. Von rotsaffianenen Schnabel=
schuhen und seidenen Kleidern und Hauben war
jetzt nichts mehr an ihr zu sehen; die waren in
Kästen und Schränken wohl geborgen, dagegen hatte
sie in kurzer Zeit etwas anderes erworben, worauf
sie früher nicht geachtet hatte. Die ehrsamen Bürger
und Frauen ihrer Vaterstadt, die ihr sonst mit
spöttischen Augen nachgeschaut hatten, grüßten sie
schon von weitem mit freundlichen Blicken; alle
Kinder kannten sie und liefen ihr voll Freude ent=
gegen; und was das merkwürdigste war: sogar der
schöne Gehilfe des Stadtschreibers, der ihr mit
seinem Lachen bereits den Verstand geraubt hätte,
ging jetzt nie an ihr vorüber, ohne sie voll Ehr=
erbietung zu grüßen. Aber was wollte ihr jetzt
das bedeuten? War er doch für immer für sie
verloren.

Mit Schaffen und Sorgen, nicht für sie selbst,
sondern für andere, gingen die Tage in einförmigem
Flusse vorüber. Auf den Sommer folgte der Herbst
und der Winter mit der steigenden Not unter den
Armen, die ihre Kräfte noch mehr als vorher in
Anspruch nahm. Als aber Schnee und Eis ge-
schmolzen war, die ersten Veilchen sich zeigten und
wieder die erste Schwalbe über ihrem Fenster zwitscherte, wurde die Jungfer Susanna von seltsamer
Unruhe erfaßt. Täglich wanderte sie hinaus vor das
Thor und „Habt ihr noch keinen Kuckuck gehört?"
war die tägliche Frage an die kleinen Mädchen,
die bei ihr aus- und eingingen. Aber der sollte
ja erst kommen, wenn die Birken im Wald wieder
ihre zarten Blätter entfaltet haben! So wartete
sie in stiller Geduld, bis eines Morgens ein Mädchen
in ihre Stube rannte: „Der Kuckuck, Jungfer, der
Kuckuck hat soeben gerufen." Und richtig, als sie
hinauf in ihr Giebelstübchen ging und über die
Mauern und Dächer hinweg nach dem nahen Walde
hinüber horchte, konnte sie deutlich den hellen Früh-
lingsruf des Vogels vernehmen. Da stieg sie eilends
hernieder, empfahl der alten Grete die Aufsicht
über das Haus und machte sich auf den Weg nach

dem Michelsberge, aber nicht mit zwei Rossen und
Kisten und Schachteln, sondern zu Fuße mit einem
kleinen Täschchen voll Mundvorrat, und nur das
Mädchen, das ihr den Kuckuck gemeldet hatte, durfte
sie begleiten. Leicht fand sie wieder den Weg, den
sie das Jahr vorher gefahren war; da schaute ja
auch schon wieder die Spitze des Michelsberges hervor; da war auch der Bach, der aus dem stillen
Waldthale hervorkam; aber je näher sie dem Ziele
kam, um so langsamer wurden ihre Schritte. Wenn
das kleine Männchen sie wieder mit Schimpf und
Spott nach Hause schicken würde?

In diesem Augenblicke hub der Kuckuck im
Walde an zu rufen „Kuckuck! Kuckuck!" und wollte
nicht aufhören, bis sie zu der Biegung gelangte,
von der sie das letztemal das Häuschen und die
Mühle erblickt hatte. Da wurde ihr auf einmal
so leicht um das Herz, wie noch nie in ihrem Leben,
und wie sie hinschaute, da standen schon die beiden
Erdleutchen in ihren weißen Schürzen unter der
Thüre der Mühle, winkten und grüßten und hießen
sie herzlich in der Mühle willkommen. „Wir haben
schon den ganzen Tag auf dich gewartet," sagte
das Weiblein. „Denn wir wußten, daß du kommen

werdest, da der Kuckuck heute zum erstemale gerufen
hat. Du wirst die erste sein in diesem Jahre, so
spute dich, das Bad ist schon gerichtet."

Während nun das Männlein ging, die Falle
zu ziehen und das Rad laufen zu lassen, wurde
Susanna von dem Weiblein in das Innere der
Mühle geleitet. Eine Thüre öffnete sich von selbst,
und Susanna trat in ein Gemach, dessen Boden
und Wände vom reinsten Kristall waren und in allen
Farben des Regenbogens glänzten. In der Mitte
des Bodens aber war eine runde, tiefe Badewanne
eingelassen, die war von lauterem Silber und von
unzähligen feinen Löchlein durchbohrt, durch die das
klarste warme Wasser von allen Seiten hereinsickerte.
Da erfüllte sich die Luft mit dem köstlichsten Geruche
wie von Rosen und Veilchen, und während sich die
silberne Wanne mit dem Rauschen des Wasserrades
langsam im Kreise drehte und der warme Quell
darin mählich in die Höhe stieg, sangen die Geister
der Tiefe mit Stimmen wie ferne Äolsharfen:

> Tief aus der Erde Spalten,
> Wo singend leis im Chor
> Des Lebens Geister walten,
> Dringt warm der Quell hervor.

Durchglüht von Feuersgluten
Dringt er durch Fels und Stein;
So baden seine Fluten
Das Irb'sche alles rein.

Du hast die Prob' bestanden:
Frei von des Leibes Müh'n
Und von des Alters Banden
Wirst wieder du erblüh'n.

Als die letzten Töne des Gesanges ver-
klungen waren, fühlte Susanna an einem leisen
Rucke, daß das Rad stille stand, und erwachte wie
aus seligem Traume. Alle Last und Schwere war
von ihr genommen, und ein neues, wonniges Leben
durchglühte ihren Körper. Da war aber auch schon
das Weiblein da und hielt ihr lachend einen Spiegel
entgegen, in dem sie sich betrachten sollte. Wie?
Sollte dies die alte Susanna sein? Ein freudiger
Schreck durchbebte sie, als sie im Spiegel das Bild
der blühenden Jungfrau erblickte, die noch viel,
viel schöner war, als sie sich selbst in der Blüte
ihrer Jahre denken konnte. Aber nun schnell in
die duftigen weißen Kleider, welche ihr das Weiblein
herbeitrug, und hinaus in die freie Luft, um dem
inneren Jubel unter dem lachenden Frühlingshimmel

Luft zu machen! Doch das Weiblein wehrte ihr
und sprach: „Gemach, gemach, mein Jungferchen!
Wir sind noch lange nicht fertig.“

Erst bestrich sie ihr Wangen und Lippen mit
einem feinen Pinsel, daß sie wie die schönsten Rosen
blühten. Dann kämmte sie ihr das dunkle Haar
mit goldenem Kamme und ließ es in langen Locken
sich ringeln. Zuletzt griff sie in eine Büchse, hieß
die Jungfrau den Mund öffnen und setzte ihr denselben voll mit kleinen Zähnen, die waren weiß
wie Elfenbein und hatten einen Glanz wie die
edelsten Perlen. „So, jetzt sind wir erst fertig,“
rief die Kleine und klatschte vor Freude in die
Hände, „jetzt wollen wir hinaus und sehen, ob
mein Männchen mit mir zufrieden ist.“

Der stand schon wartend außen und strich lachend
seinen langen, grauen Bart, als er die holde Jungfrau erblickte. Susanna streckte ihm glückselig beide
Hände entgegen und fand nicht Worte genug, dem
Alten ihren Dank auszudrücken, der Kleine aber
wehrte ihr und sprach: „Genug! Genug! Du bist
es wert, zu neuem Leben geboren zu werden, du
bist es aber auch wert, einen Genossen deines
neuen Lebens zu erhalten.“ Und als Susanna über

und über errötete, fuhr er fort: „Wir wissen alles. Was du vordem im Stillen gewünscht hast, wird nunmehr in Erfüllung gehen." Damit steckte er ihr einen glänzenden Goldreif an ihre Rechte und sprach: „Dieser Ring wird dich für immer mit demjenigen verbinden, welchen du erwählt hast. Aber nun genug für heute! Du wirst von der Reise und dem Bade hungrig und durstig sein und vermagst die Rückreise in deine Heimat heute nicht mehr anzutreten. So bitten wir denn, mit dem, was wir dir bieten, vorlieb zu nehmen."

Von den beiden Alten geleitet, schritt Susanna dem kleinen Hause neben der Mühle zu, gefolgt von dem Mädchen, welches sie begleitet hatte. Die hatte gesehen, wie ihre alte Jungfer Susanna in die Mühle hineinging und als schöne Jungfrau wieder herauskam, bestürmte sie mit Fragen und wollte alles wissen, wie es gegangen sei. Susanna aber schloß ihr lachend den Mund und sprach: „Frage nimmer, liebes Kind, und erzähle niemand, was du gesehen hast. Wenn du einmal groß bist, wirst du alles erfahren." Das wollte der Kleinen nicht genügen, als sie aber in das Häuschen eingetreten war und die herrlichen Speisen

sah, die für sie bereit standen, und die schneeweißen
Betten, darin sie schlafen sollten, da gab sie sich
bald zufrieden und sah nur zuweilen verstohlen nach
ihrer schönen Jungfer hinüber.

Nachdem sie gegessen und getrunken hatten,
begaben sie sich bald zur Ruhe und schliefen, bis
die ersten Sonnenstrahlen zum Fenster hereindrangen.
Schnell standen sie auf und wollten, zur Reise ge=
rüstet, die beiden Alten aufsuchen, um von ihnen
Abschied zu nehmen, doch die waren nirgends zu
erblicken. Auf dem Dache des Häuschens aber
saßen zwei Tauben, die liefen nickend und rucksend
auf und ab und flogen mit lautem Klatschen der
Flügel in den Wald. „Lebt wohl, ihr guten Alten!"
rief Susanna und schlug mit ihrer kleinen Be=
gleiterin den Weg in die Heimat ein. Dort kamen
sie in später Abendstunde an, aber wie erstaunte
die alte Grete, als sie die schöne Jungfrau vor ihr
an der Stimme als ihre Herrin erkannte! Wie
erstaunte aber auch der blonde Schreiber am anderen
Morgen, als er zufällig zu dem Erker hinübersah
und darin leibhaftig das Ebenbild der Jungfrau
erblickte, die ihm in letzter Nacht im Traume er=
schienen war. Und trug sie nicht an dem Gold=

finger der rechten Hand einen Ring von derselben
Gestalt, wie derjenige, den er heute Morgen auf
dem Tische vor seinem Bette gefunden hatte? Wie
nur der Ring zu ihm gelangt sein konnte?

Das wußte am besten das kleine Männlein
von der Mühle. Das war in der Nacht auf heim=
lichen Gängen unter der Erde in die Stadt ge=
wandert und hatte ihm, während er schlief, den
Ring vor das Bett gelegt, damit er ihn morgens
beim Erwachen sogleich erblicke.

Als er so sinnend und immer wieder nach der
schönen Jungfrau hinüberschauend am Fenster stand,
hörte er den Papagei im Erker drüben mit deutlicher
Stimme rufen: „Komm herüber! Komm herüber!"
Zwar sah er, wie die Jungfrau dem Vogel schalk=
haft mit dem Finger drohte, aber der ließ
sich nicht beschwichtigen, sondern rief nur noch
lauter sein „Komm herüber! herüber!" Da wußte
er nicht, wie ihm geschah. Wie von geheimer Ge=
walt gezogen lief er über die Straße und stürmte
die Treppe hinauf in das offenstehende Gemach.
Da stand er und stammelte verlegene Worte. Su=
sanna aber trat ihm mit freundlicher Miene ent=
gegen und fragte ihn lächelnd, ob er wohl wieder

ebenso lachen würde, wenn er ein Brieflein von
ihr erhielte. Da erkannte er mit jähem Schrecken,
daß vor ihm dieselbe Jungfer Susanna stand, die
er wohl anfangs ausgelacht, nachher aber als
Wohlthäterin der Armen verehrt hatte, und unfähig eines Wortes fiel er ihr zu Füßen und bedeckte ihre Hände mit Küssen. Sie aber hieß ihn
aufstehen und wiederholte ihre Frage, ob sie jetzt
würdiger wäre, die Liebe eines Mannes zu gewinnen. Da zog er sie stürmisch an seine Brust
und rief voll Entzücken: „Die alte Susanna habe
ich verehrt als eine Heilige, die junge aber werde
ich in Ewigkeit lieben mit aller Glut meiner Seele."

So schlossen sie den Bund für das Leben und
wechselten die von dem Alten im Walde erhal-
tenen Ringe. Und noch ehe der wonnige Mai
vorüber war, feierten die zwei Liebenden ihre
Hochzeit, und es gab da in der alten Reichsstadt
ein Fest, wie sich die ältesten Leute noch keines
erinnern konnten. So war auch ihr ganzes Leben
nur eitel Glück und Sonnenschein. Aber nachdem
ihr Gemahl als würdiger Ratsherr alt und hochbetagt gestorben war, wollte auch Susanna nicht
länger leben und folgte ihm noch in derselben

Stunde im Tode nach, tief betrauert von allen Armen und Elenden, denen sie ihr ganzes neues Leben lang die treueste Freundin gewesen war.

Die Mühle und das Häuschen am Michels= berge hat nach ihr kein Mensch mehr gefunden. Wohl hatte das kleine Mädchen geplaudert und waren viele hinausgewandert an die Stelle, die sie ihnen bezeichnet hatte, um sich wieder verjüngen zu lassen, aber da war weder von einem Häuschen noch von einer Mühle etwas zu erblicken, und sogar die Quelle war im Innern des Berges verschwun= den, also daß alle wieder unverrichteter Dinge von dannen ziehen mußten bis auf den heutigen Tag.

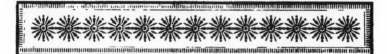

Der Warzenkönig.

Ein dermatologisches Märchen aus den Tagen der Sympathie.

Es war einmal ein wunderschöner Sommernachmittag, da sah der Thorwärter Murrle an dem oberen Thore des Städtchens Rebenheim, wie drei Knaben aus der Lateinschule des Magister Cellarius an ihm vorbei in das Freie rannten. Sie waren unter den Rangen von Rebenheim, die weit und breit verschrieen waren, die ärgsten der Argen und hatten dem Thorwärter, wenn er zuweilen nickend auf seinem Bänklein saß, schon manchen Schabernak gespielt. Deshalb vermutete er wieder einen ihrer Streiche und rief sie an: „He da! wo hinaus noch heute?" „Ins Schmetterlingfangen!" gaben die zwei vordersten, der lange August Lustig und

der rote Peter Dämling, zur Antwort. „Na, meinet=
wegen," rief der Thorwart. „Aber paßt auf, daß
ihr zur rechten Zeit heimkommt. Um neun Uhr wird
geschlossen." Da drehte sich der hinterste der Knaben,
der dicke Hans Ohnesorg, noch einmal um, schnitt
dem Thorwart eine Nase und schrie: „Nur keine
Angst, Murrle! Und wenn ich auch nach Thor=
schluß käme, so wüßte ich doch ohne Euch in das
Städtchen zu gelangen."

Brummend schob der Thorwart den Fenster=
flügel vor. Die Knaben aber rannten, als gälte
es, ein Königreich zu gewinnen, die Höhe hinan,
wo sich oben, untermischt mit kleinem Gebüsche,
die blühende Heide in die Weite und die Breite
ausdehnte, soweit nur immer die Blicke reichten.
Ach, wie war es da so wunderbar schön, so über
alle Maßen herrlich! Da krochen und flogen Käfer
von allen Farben; auf den heißen, von Brombeeren
umrankten Feldsteinen lauerten die flinken Eidechsen
auf die goldenen Wasserjungfern, die da und dort
sich niederließen, um von ihrem sausenden Fluge
durch die flimmernde Luft auszuruhen; summend
flogen die Bienen und Hummeln von Blütenkelch
zu Blütenkelch; um die mannshohen Blütenstengel

der Schirmpflanzen und Disteln aber gaukelten die Schmetterlinge, jagten sich spielend dahin und dorthin, um gleich darauf wieder sitzend und mit den Flügeln schlagend die ganze Pracht ihrer Farben zu entfalten. Da gingen den Knaben ihre Augen und Herzen auf, daß sie jauchzend ihre Netze schwangen und in tollem Jagdeifer auseinanderrannten. Bald konnte keiner mehr den anderen sehen, aber an dem hellen Jubelrufe, der jeden schönen Fang begleitete, erkannten sie die Richtung, wo sie sich befanden, und so blieben sie trotz der Trennung doch immer wieder vereinigt.

Als die Sonne sich schon gegen Westen senkte, kamen August und Peter, glühend vor Hitze und die Mützen vollgesteckt mit den prächtigsten Perlmutterfaltern, Schwalbenschwänzen und Admirälen, zu Hans, der eben auf einen Trauermantel lauerte, und sprachen: „Du, Hans, wir haben genug gefangen und gehen jetzt heim. Komm, mach' fertig und geh' mit." „Was, ich schon heimgehen, jetzt, da es am allerschönsten ist!" rief Hans. „Meinetwegen könnt ihr euch heimtrollen. Ich aber muß noch ein paar Blau- oder Rotschiller haben und gehe jetzt hinüber auf den Hexenbühl, da soll es

die allerschönsten geben." „Auf den Hexenbühl?"
wiederholte fragend der lange August. „Weißt
du denn nicht, daß es dort spukt?" „Was soll
denn da spuken?" „Ich weiß es nicht, ich bin noch
nie dort gewesen, aber unsere Magd, die Katharine,
hat mir schon erzählt, daß der Warzenkönig dort
sein Wesen treibe." „Ja, und was soll es mit
diesem Warzenkönig sein?" fragte höhnisch Hans
Ohnesorg. „Ein greulicher Zwerg ist's," fiel Peter
ein. „Das alte Kräuterweib, die Ammerei, die
dem Apotheker die Kräuter und Wurzeln bringt,
hat ihn schon gesehen. Er ist kaum eine Elle hoch,
hat einen Kopf wie ein Kürbis, auf der Stirne
zwei kleine Hörnchen und ein Gesicht, das wie
seine Hände voll höckeriger Warzen ist, eine Nase,
die sähe aus, wie des Apothekers Kugelkaktus, weil
eine Warze auf der anderen sitze." „Das lasse ich
mir gefallen," lachte Hans. „Der muß hübsch
sauber sein, aber was geht das mich an, wenn er
mir nur nichts thut!" „Halt," rief August, „da
steckt gerade der Butzen. Wer ihn nur ansieht,
wird voll von Warzen; wen er aber erwischen
kann, den haut er so, daß ihm Hören und Sehen
vergeht." „O ihr Einfaltspinsel und Ammen-

kindlein!" höhnte Hans und klopfte mit dem rechten
Zeigefinger auf seine Stirne. „Wenn ihr Angst
habt, so macht, daß ihr fortkommt. Ich gehe auf
jeden Fall auf den Hexenbühl und will euch morgen
schön auslachen, wenn ihr kommt und meine schönen
Schillerfalter bewundert."

„So thue, was du willst," entgegneten die
beiden und rannten, als ob ihnen der Warzenkönig
schon im Nacken säße, über die Heide und den
Berg hinunter. Hans Ohnesorg aber schritt eilig
dem Hexenbühl zu, einem kleinen Hügel, der sich
links in mäßiger Höhe über die Heide erhob. Je
näher er demselben kam, um so seltener wurden die
an die freie Luft der Heide gewöhnten Pflanzen. An
dem Hügel selbst angekommen, der mit wilden
Rosen, Hollunder und düsteren Eiben bewachsen
war, sah er aus dem niederen Grase seltsame, noch
nie vorher erblickte Blumen mit roten und blauen
Kelchen hervorragen und konnte sich nicht genug
über die Düfte verwundern, die ihm von allen
Seiten her betäubend in die Nase stiegen. Der
Boden war bedeckt mit gelben und roten Pilzen,
so groß wie der breiteste Männerhut, dazwischen
krochen gelb= und schwarzgefleckte Salamander, auf

einem der Hutpilze aber saß eine schwere, warzige Kröte und schaute ihm mit ihren goldgelben Augen unverwandt entgegen. „Das ist gewiß eine Base des Warzenkönigs," lachte Hans und schritt, nach allen Seiten umherspähend, weiter. Was ging ihn all' das Geschmeiß an? Schillerfalter wollte er haben, und wunderbar, gerade in diesem Augenblicke trat er aus dem dichten Gebüsche auf eine Blöße heraus und erblickte auf einmal einen ganzen Schwarm der schönen Falter um eine vom letzten Regen zurückgebliebene Pfütze auf= und nieder=flattern. Das war eine Pracht! Nein, solche große Schillerfalter, fast so groß wie seine Hand, hatte er sein Lebtag nicht gesehen. Wie da seine Ka=meraden schauen würden, wenn er ihnen morgen seine Beute zeigte! Schnell sprang er mit seinem Netze vor, um den ersten, der sich gerade gesetzt hatte, zu bedecken. Aber im Nu hatte sich derselbe in die Luft hinaufgeschwungen; beim zweiten ging es ihm um kein Haar besser; den dritten und vierten glaubte er schon unter dem Netze zu haben, aber als er genau zusah, war es statt des Schmetter=lings ein welkes Blatt oder ein ekler Mistkäfer.

Und nun wirbelte der ganze Schwarm oben

in der Luft, Hans aber schaute klopfenden Herzens
zu, wie sie vergoldet von der Abendsonne ihr neckisches
Wesen trieben, und bemerkte den Warzenkönig nicht,
der in allernächster Nähe hinter einem Busche
stand und sich in heimlichem Lachen sein dickes
Bäuchlein hielt. Wollten denn die Falter gar
nicht mehr herunterkommen? Nein, sie schwebten
immer höher hinauf und auf einmal waren sie in
einem rötlichen Wölkchen am Himmel verschwunden.
Da ließ Hans verdrießlich seine Unterlippe hängen,
legte sich müde und schläfrig an einem trockenen
Raine nieder und war bald in einen tiefen Schlaf
verfallen.

Das wollte der Warzenkönig gerade haben.
Schnell trat er zu dem Schläfer heran und ver=
wandelte sich in einen dichten Klettenstrauch, der
über und über mit stachligen Kletten bedeckt war.
Hans aber schlief weiter und erwachte erst, als die
Sonne sich eben anschickte, in ein goldumrandetes
Gewölke am westlichen Himmel unterzutauchen.
Verwundert rieb er sich die Augen, sprang auf
und griff nach seiner Mütze. Aber was war denn
das? Da stand ja ein Klettenbusch, den er vor=
her gar nicht bemerkt hatte! „Halt!" dachte er,

„wenn ich keine Schillerfalter erwischt habe, so will
ich doch wenigstens die schönen Kletten nicht stehen
laſſen. Das giebt einen Hauptſpaß auf morgen.
Eine Partie dem Magiſter Cellarius auf ſeinen
Katheberſitz! Eine gehörige Partie dem Metzger=
hund Leo, der mich immer anbellt, in ſein lang=
haariges Fell! Den Reſt aber meinen Kameraden,
dem Auguſt und dem Peter, in die Haare!"

Lachend begann er die Kletten abzupflücken;
immer größer wurde ſein Eifer, ſodaß bald nur
noch wenige Kletten an dem Buſche zu ſehen waren.
Da ertönte auf einmal aus demſelben eine fette,
heiſere Stimme: „Haha! Hans, haſt du bald ge=
nug von meinen Kletten oder willſt du noch mehr
haben?" Blaß und zitternd vor Schrecken ſchaute
Hans auf ſeine linke Hand, in welcher er eine
große Kugel von Kletten zu haben vermeinte, aber
die Hand war leer, dafür erblickte er an der Stelle,
wo eben noch der Buſch geſtanden hatte, ein kleines,
häßliches, voll mit Warzen bedecktes Männlein,
ganz ſo, wie dem Kräuterweib des Apothekers
eines begegnet war. „Der Warzenkönig!" ſchrie
Hans und rannte wie beſeſſen den Hexenbühl hin=
unter. „Ja, der Warzenkönig, du Wicht. So

viel Kletten, so viel Warzen," scholl es hinter ihm
her in kreischenden Tönen. Und nun begann eine
Jagd, wie die dunkelnde Heide noch keine gesehen.
Voran der schreiende Hans mit mächtigen, von
der Angst beflügelten Sätzen; ihm nach der johlende
Zwerg, gleich einem Dachshunde, der kläffend und
geifernd einen flüchtigen Hasen verfolgt. Hart an
der Grenze der Heide, wo sich die Steige gegen das
Städtchen hinunter zu senken begann, empfand Hans
einen Schlag in den Nacken, der ihn so hart traf,
daß er zu Boden stürzte und seiner Besinnung
verlustig ging. Wie lange er so betäubt im Graben
gelegen und wie er dann in der Dämmerung den
Weg nach dem Städtchen gefunden, Hans hätte es
nicht zu sagen vermocht. Genug, er stand mit
einemmale vor dem geschlossenen Stadtthore und
mußte wohl oder übel die Glocke ziehen, wenn er
nach Hause gelangen wollte.

„Na, wen haben wir denn da noch?" brummte
der Thorwart und ließ, nachdem er einen Thor=
flügel geöffnet, den Schein seiner Laterne auf den
Eintretenden fallen. „Aha, das ist ja der naseweise
Mosjö, der heute Mittag sich gerühmt hat, auch
ohne mich in die Stadt zu gelangen. Vorwärts,

marsch! Ich will dir die Nase, die du mir heute
gedreht, nicht heimzahlen. Daheim wird ohnedies
schon das spanische Röhrchen auf dich warten und
absonderlich, wenn der verlorene Sohn als solcher
Warzenkönig nach Hause zurückkehrt."

Betroffen schaute Hans beim Scheine der La=
terne auf seine Hände; aber als er dieselben überall
dicht mit großen und kleinen Warzen bedeckt erblickte,
rannte er laut heulend seiner Wohnung zu, wo ihn
schon unter der Hausthüre seine Mutter und hinter
derselben sein Vater mit dem Meerrohre in der
Rechten erwartete. Da wäre es schon unter der
Thüre zur scharfen Exekution gekommen, wenn nicht
die Mutter dem ergrimmten Vater gewehrt hätte:
„Halt, Christian," sprach sie; „laß ihn nur erst in
die Stube heraufkommen und beichten, was ihm
eigentlich passiert ist." Dies that Hans mit stocken=
der und immer wieder durch Schluchzen erstickter
Stimme und wies in der Stube den erstaunten
Eltern seine unförmlichen, warzigen Hände. Da
ließ der Vater vor Schreck seinen Stecken fallen,
die Mutter aber schlug die Hände über dem Kopfe
zusammen und rief: „Ach, du blutiger Heiland, wie
siehst du aus, du armer Bub'! An den Händen,

wo man hinsieht, nichts als Warzen! Und erst auf
den beiden Backen die großen, haarigen, die aussehen, wie die leibhaftigen Kletten! Ach, du lieber
Gott, was fangen wir mit dir an, wenn du für dein
Lebtag verschandlert bist?" Und schluchzend bedeckte
sie mit dem Schürzenzipfel ihre thränenerfüllten
Augen.

Noch am nämlichen Abend schickte sie zu dem
Physikus Dr. Mumps. Der kam, beschaute durch
seine silberne Brille den seltsamen Kasus und ver-
schrieb eine Salbe, mit dem Versprechen, daß es
bald besser werden würde. Er kam alle Tage zu
Hans, dem der gehabte Schrecken so in die Glieder
gefahren war, daß er das Bett hüten mußte, aber
die Warzen wollten nicht weichen, im Gegenteile
hatte es den Anschein, als möchten die alten sogar
noch Junge bekommen. Da war guter Rat teuer.
Kopfschüttelnd erklärte der alte Physikus zuletzt,
sein Wissen sei zu Ende und er rate, geduldig zu
warten und die Heilung der Natur zu überlassen.
„Was, Natur?" schrie der ergrimmte Vater, als
der Arzt die Stube verlassen hatte. „Das kann
mir jeder Pfuscher sagen. Ich aber will doch sehen,
ob es nicht ein Mittel giebt, meinem armen

Buben sein reputierliches Aussehen wieder zu verschaffen."

„Mit Verlaub, Herr," sprach die Magd Rike, die eben beim Vesperbrob am Tische saß. „Ich wüßte wohl ein Mittel, wenn Ihr nur darauf eingehen wolltet. Wir haben es als Kinder immer so gemacht, wenn wir Warzen hatten."

„Und das wäre?" fragten Vater und Mutter zugleich.

„Ganz einfach," meinte Rike. „Man hängt die Warzen seinen Kameraden an. Laßt den langen August und den roten Peter auf Besuch zu unserem Hans kommen, und das übrige will ich schon besorgen."

Am anderen Tage erschienen die beiden Kameraden und verwunderten sich über die Maßen über das Aussehen ihres alten Spießgesellen. Als sie nichts Böses ahnend über ihren Honigbroten saßen, mit denen sie Hansens Mutter regaliert hatte, erschien die Magd, hantierte in der Stube herum und fragte auf einmal wie beiläufig: „Ei, du August und Peter, zieht ihr nächsten Sonntag auch wieder ein frisches Hemd an?" „Ei freilich, das versteht sich," beteuerten beide. „So, dann könnt ihr auch

die Warzen unseres Hans mit anziehen," fiel rasch
das Mädchen ein und verschwand, ohne noch einmal um sich zu blicken, aus der Stube. Alles lachte,
am meisten August und Peter, denen der Einfall
der Magd ein köstlicher Spaß zu sein däuchte. Als
sie aber wohlgesättigt das Haus verlassen hatten,
erschien die Magd wieder und sprach: „Nun passet
wohl auf! Der Streich ist gelungen, und ehe acht
Tage vorüber sind, werden die Warzen von unserem
Hans verschwunden und auf seine Kameraden übergegangen sein."

Der Sonntag kam, und ein Tag der anderen
Woche bis zum Samstag ging vorüber; was aber
nicht vergangen war, das waren die Warzen des
dicken Hans. Darob ward dieser zu Tode betrübt,
saß da mit dick verweinten Augen und wollte sich
nimmer beschwichtigen lassen. Da wollte auch der
Mutter der Geduldfaden reißen. „Ich kann den
Jammer nimmer mit ansehen," sprach sie. „Komm,
ich will dich zu deiner Großmutter bringen, vielleicht weiß diese uns Rat und Hilfe in unserer Not
zu schaffen." Sprach's und führte den Knaben, als
der Abend hereingebrochen war, hinüber in das
Haus am Markte, wo ihre alte Mutter ihr Witwen-

stüblein bewohnte. Die empfing den Jungen mit
tausend Freuden, war er doch ihr Herzblatt, dem
sie schon oft Unterschlupf gegeben und Küchlein ge-
backen hatte, wenn er sich wegen eines bösen Streiches
nicht nach Hause getraute. „Was macht ihr da für
einen Lärm wegen der Warzen!" sprach sie. „Laßt
nur mich machen, ich weiß ein Mittel noch aus
meiner Jugendzeit, damit getraue ich mir, dem
Warzenkönig seine Bescherung mit Zinsen heimzu-
schlagen."

In den folgenden Tagen that sie nicht der-
gleichen, als ob sie sich viel um das Leiden ihres
Schützlings bekümmerte. In der nächsten Freitag-
Nacht aber, als es eben anfing, zwölf Uhr zu
schlagen, erhob sie sich angekleidet von ihrem Lager,
rieb dem schlafenden Hans seine Warzen mit einem
Stückchen Fleisch und vergrub dasselbe eilends,
ohne ein Wörtlein zu sprechen, hinter dem Hause
in einer Grube unter der Dachtraufe. Erst als
sie wieder in ihrem Bette war, sprach sie für sich:
„Gottlob, diesmal wird es gehen," und legte sich
beruhigt zum Schlafe.

Von da an beschaute sie alle Tage die Warzen,
ob∙ nicht ein Schwund derselben zu bemerken wäre,

doch schien es ihr zu ihrem Schrecken, als ob dieselben fröhlich weiterwucherten; und als sie in der
nächsten Freitag-Nacht wieder nach dem Fleisch-
stückchen sah, war dasselbe verfault und von den
Würmern beinahe aufgezehrt, aber, ach, an den
Warzen war nicht das geringste von Fäulnis zu
entdecken.

„Jetzt weiß ich's aber bestimmt," rief sie, „daß
der leibhaftige Böse seine Hand im Spiele hat. Da
muß etwas Stärkeres her, da kann nur die alte
Huzelmännin helfen!" Besagte Huzelmännin war
ein steinaltes Weiblein, das in der oberen Stadt
in einem verfallenen Häuschen an der Stadtmauer
wohnte. Sie konnte für alle und jede Gebrechen
thun; sie kannte das Haar, an welchem das gefallene
Zäpfchen beim Halsweh zu heben war; sie maß
denen, welche am Kopffieber litten, den Kopf nach
allen Seiten und konnte genau sagen, wo ihnen der
Kopf offen stand; vor allem aber ward ihre Hilfe
gesucht, wenn nach unmaßgeblicher Meinung der
Basen und Vettern irgend ein Leiden von Behexung
herrührte. Zu dieser schickte die Großmutter ihre
alte Magd und ließ ihr sagen, sie möchte heute noch
zu ihr kommen. Und richtig, als es dunkel geworden

war, klopfte es leise an die Thüre, und herein
schlüpfte das Weiblein, angethan mit einem weiten,
grauen Umschlagtuche, den wackligen Kopf bedeckt
mit einer schwarzen, kapuzenartigen Haube, aus
welcher die krumme Nase wie der Schnabel eines
Käuzleins hervorlugte. Scharf ließ sie ihre roten
Augen in der Stube umherlaufen, dann öffnete sie
ihren zahnlosen Mund und sprach zu Hans, der
sich ängstlich an seine Großmutter schmiegte: „Komm
nur her, mein Jüngelchen! Hätte es mir die Magd,
die Hanne, nicht schon gesagt, so dürfte ich dich
nur ansehen, um zu wissen, daß du dem Warzen=
könig in die Hände gefallen bist. Ist nicht das
erste Mal, daß man mich wegen solcher Affairen ge=
holt hat, aber sei nur getrost, die alte Huzelmännin
ist dem Warzenkönig jedesmal über geworden.“

Damit faßte sie den zitternden Hans am Kopfe,
blies ihm dreimal auf seine Backen und Hände und
sprach dabei jedesmal die Worte:

> „Die Wachtel und die Warze,
> Die flogen wohl über das Meer;
> Die Wachtel, die kam wieder,
> Die Warze nimmermehr.“

Dann kramte sie in einer ledernen Tasche, die

sie mitgebracht hatte, und zog daraus ein kleines, leinenes Beutelchen mit einer Umhängeschnur hervor. Dieses Beutelchen hängte sie dem Hans um den Hals, nachdem sie zuvor heimlich eine Klette hineingeschoben und die Öffnung vernäht hatte. Darauf warnte sie den Knaben ernstlich, beileibe nichts an dem Beutelchen zu machen, und empfahl sich endlich mit dem Versprechen, nach drei Tagen wieder kommen zu wollen. Aber schon den Tag darauf fühlte Hans, wie die Warzen kleiner und lockerer wurden, und am zweiten Tage schickte die Großmutter die Hanne zu der Huzelmännin mit einem Kruge Wein und einem schönen Stücke Geld und ließ ihr nebst freundlichem Gruße vermelden, sie dürfe sich nicht weiter bemühen, dieweil die Warzen alle wie weggeblasen seien, sodaß man an den Stellen, wo sie gesessen, kein Mäkelchen mehr bemerke.

Das wußte niemand besser, als der Warzenkönig auf dem Hexenbühl. Denn die Warzen des dicken Hans waren nicht über das Meer, sondern zu ihm zurückgeflogen, von dem sie ausgegangen waren, und als er sie nachzählte, fehlte auch nicht eine einzige mehr an seinem Leibe. „Verflucht!"

rief er und knirschte mit den Zähnen. „Hätte ich
geduldig gewartet, bis der dumme Junge auch die
letzte Klette abgepflückt hätte, so wären alle Warzen
auf ihn übergegangen und ich für immer erlöst.
So aber muß ich jetzt wieder ein Jahr warten,
aber dann wehe dem, der in meine Hände fällt.“

Der dicke Hans ist sein Lebtag nicht mehr auf
den Hexenbühl gegangen, und auch die anderen, die
nach ihm den Hügel bestiegen und den Warzenkönig
zu sehen bekamen, sind immer mit wenigen Warzen
davongekommen. So wartet der Unhold immer
noch auf seine Erlösung. Aber gnade Gott demjenigen, der einmal alle Kletten an dem Busche ab-
pflückt! Ihm ist beschieden, statt des Erlösten als
Warzenkönig auf dem Hexenbühl zu hausen, bis
wieder einmal nach vielen Jahren die Stunde seiner
Erlösung schlagen wird.

Elektra.

Ein physikalisch-diagnostisches Märchen aus dem zwanzigsten Jahrhundert.

Gegen Ende des zwanzigsten Jahrhunderts praktizierte in dem Dorfe Buchenheim im Hessenlande ein junger Landarzt Namens Dr. Redlich, dem sich das Schicksal troß seinem Fleiße und seinen reichen Kenntnissen seither nicht von der rosigsten Seite gezeigt hatte. Mit großen Plänen im Kopfe hatte er kurz nach Vollendung der staatlichen Prüfungen seinen jungen Hausstand in der Hauptstadt des Landes gegründet; aber das erträumte Glück blieb aus, weil er keine einflußreiche Verwandtschaft in der Stadt besaß und zu stolz war, die zu damaliger Zeit üblichen täglichen Anpreisungen in den gelesensten Zeitungen mitzumachen. So war er vor kurzem durch die Not gezwungen gewesen, von der Hauptstadt wegzuziehen und die mit festem Gehalte ausgeschriebene Landarztstelle in Buchenheim anzunehmen. Aber auch hierher schien ihn sein Mißgeschick zu verfolgen. Denn gerade bei dem ersten einflußreichen Kranken, durch dessen Heilung er sich das Vertrauen und die Achtung des ganzen Bezirks erobern wollte, war er in achttägiger Behandlung noch nicht einmal zu einer sicheren Diagnose gekommen. Daran trug aber nicht der Doktor allein die Schuld, vielmehr war dieselbe hauptsächlich dem Kranken zuzumessen. Denn dieser, Seine Hochwürden der Herr Pfarrer, war eben ein eigenwilliger Mann, der den Bemühungen des Arztes in keiner Weise entgegenkam.

Vor vierzehn Tagen war derselbe mit Amtsbrüdern in der Hauptstadt zusammengekommen und hatte sich dabei mit westfälischem Schinken und Rheinwein gütlich gethan. Einige Tage darauf wurde er von Leibschmerzen und Reißen in allen Gliedern befallen, das sich von Tag zu Tag steigerte, obwohl er auf Anraten der Frau Pfarrerin schon die ansehnlichsten Quantitäten Lindenblütenthee verschluckt hatte. „Es nützt dir alles nichts," hatte

endlich die Frau Pfarrerin gesagt. „Du mußt
den jungen Doktor kommen lassen, denn das ist jetzt
deutlich, daß es nicht dein gewöhnlicher Fluß ist."

Der Arzt war erschienen, hatte den Kranken
befragt, durchtastet und ausgeklopft und zuletzt
der Frau Pfarrerin, die ihn in das Nebenzimmer
geleitete, mitgeteilt, er glaube, daß ihr Mann an
Trichinen leide. „Ganz sicher," hatte er beigefügt,
„kann ich die Diagnose erst dann stellen, wenn mir
gestattet wird, ein kleines Stückchen Muskelfleisch
zur mikroskopischen Untersuchung auszuschneiden.
Versuchen Sie einmal den Herrn Pfarrer zu be=
wegen, daß er den höchst unbedeutenden Eingriff
vornehmen läßt."

Aber da war er bei dem Pfarrer schön an=
gekommen! „Lieber will ich sterben, als daß ich
mich lebendig zerschneiden lasse," hörte er den=
selben in seinem Bette schreien. So blieb dem
Arzte nichts übrig, als nach Verordnung einiger
Linderungsmittel sich zu empfehlen und auf spätere
Sinnesänderung des Kranken zu hoffen. Der aber
blieb bei seiner Weigerung, obgleich sich die Krank=
heit von Tag zu Tag verschlimmerte.

„Wenn ich dem Pfarrer nicht beweisen kann,

daß ich recht habe, so läßt er am Ende zwei, drei
andere Ärzte kommen, die mich nichts gelten lassen,
und dann ist es mit meiner Stellung hier, die
ohnedies wegen der halbjährigen Kündigung auf
schwachen Füßen steht, für immer vorüber." Mit
solchen trüben Gedanken wandelte der junge Arzt
eines Abends wieder aus dem Pfarrhause die
Straße hinunter. Nicht nach rechts und nicht nach
links schauend, war er, ohne es zu bemerken, an
seiner Wohnung vorüber allmählich vor das Dorf
hinaus in das Freie gelangt. Längst schon war
die Dämmerung hereingebrochen, die dunkeln
Schatten senkten sich immer tiefer herab auf das
Thal, und immer noch wandelte der Tiefbekümmerte
auf der wohlbekannten Straße weiter. „Ach,"
seufzte er und setzte sich ermattet auf eine Ruhe-
bank, „wenn es doch ein Mittel gäbe, den Menschen
durchsichtig zu machen wie eine Qualle!"

Kaum hatte er ausgesprochen, so sah er vom
Walde her eine leuchtende Kugel auf sich zukommen.
Sie strahlte in herrlichem, bläulich-weißem Lichte
und bewegte sich hüpfend und flackernd in der Luft,
ohne den Boden zu berühren. Allmählich wurde
sie größer und. nahm, je näher sie kam, immer

mehr die Gestalt eines Kegels an; der dehnte sich mehr und mehr in die Breite und in die Länge, und plötzlich stand vor ihm in zauberischem Lichte ein hehres weibliches Wesen, so durchsichtig, daß er alle Teile der Landschaft hinter ihr deutlich erkennen konnte.

„Erschrick nicht!" redete sie ihn an. „Ich bin Elektra, der Geist des zwanzigsten Jahrhunderts, und bin gekommen, dir zu helfen." „Mir zu helfen?" erwiderte ungläubig der Doktor. „Mir kann niemand helfen. Ich bin einer der Unglücksmenschen, die vom Schicksal von Anfang an auf die Seite gestellt sind, damit die anderen bequem ihren Weg zu Glück und Ruhm dahinziehen können."

„Frevle nicht, du Blinder," erwiderte Elektra. „Auch an deiner Wiege hat einst eine gütige Fee gestanden. Sie hat deinen Lebensweg bis zum heutigen Tage verfolgt, und da nun heute deine Prüfungszeit vorüber ist, so hat sie. mich beauftragt, dir zu verkünden, daß dein Name als der herrlichsten einer im Gedenkbuch der Menschheit verewigt werden wird."

„Unbegreiflich! Wie soll ich das verstehen?" rief voll Erstaunen der junge Arzt.

„Was den Sterblichen unbegreiflich ist, liegt vor den Geistern klar wie der Tag," erwiderte mit Wärme Elektra. „Mit einem einzigen Worte hast du den Bann gebrochen, der schon Jahrtausende auf der armen Menschheit gelastet hat. Hast du nicht soeben den Wunsch ausgesprochen: „Wenn nur der Mensch so durchsichtig wäre wie eine Qualle"? Nun wohlan, dein Wunsch soll erfüllt sein, und ich will dir zum Heile der Menschheit das Mittel dazu in die Hand geben. Siehe, in dieser Büchse hast du alles, was du nötig hast. Doch damit du Ungläubiger allen Zweifeln ent= sagst, mache du selbst in meinem Beisein die Probe!"

Damit gab sie ihm die Büchse in die Hand und hieß ihn den Deckel entfernen. Da wurde der Baum, an dem er stand, bis in seine Wurzeln und Zweige erleuchtet, wie Glas, durch welches die Sonnenstrahlen hindurchtreten, und er sah, wie die Lebenssäfte des Baumes in den Zellen und Gefäßen auf= und abstiegen, wie die Zellen sich dehnten und teilten und in Rinde und Mark sich Körnchen auf Körnchen aneinander reihte. „Bist du zufrieden?" fragte Elektra, „oder verlangst du noch weitere Beweise?" Damit griff sie hinunter zum

Boden und hielt ihm einen Frosch entgegen, dessen nächtliche Wanderung sie soeben unterbrochen hatte. Wohl hatte der Arzt schon während seiner Studienzeit wiederholt die Schwimmhaut des Frosches mikroskopisch durchleuchtet und dabei den schönen Anblick des Blutlaufes bewundert. Aber was war dies gegen das Schauspiel, das sich jetzt seinem staunenden Auge darbot! Sah er doch hier im Innern des zappelnden Tieres alle Organe in natürlicher Gestalt und harmonischer Bewegung: in der Kopfhöhle die Ausdehnung und Wiedereinziehung der Nervenzellen, in der Brusthöhle die Atmung der Lungen und das Saugen und Pumpen des Herzens; in der Bauchhöhle die wurmförmigen Bewegungen des Darmes und die Anstrengungen des Magens, einen vor kurzem verschluckten Käfer zu bewältigen. Ja so groß war die Kraft der Leuchtbüchse, daß sie sogar das Innere des Käfers — deutlich erkannte er ihn als den grünen Sandlaufkäfer — durchleuchtete.

Da war jeder Zweifel aus der Seele des jungen Forschers verschwunden, und ein nie gekanntes Gefühl von Stolz und Freude durchrieselte seinen Körper. Schnell schloß er die Büchse und streckte seine Rechte aus, um der himmlischen Geberin für das herrliche Geschenk zu danken. Diese aber zerfloß ebenso schnell, als sie gekommen, in ein flackerndes, hüpfendes Licht, das sich im Dunkel der Nacht immer weiter verlor und endlich wie der Schein eines fernen Wetterleuchtens über dem Walde verschwand.

Hätte Doktor Redlich nicht deutlich die Büchse in seiner Hand gefühlt, so hätte er geglaubt, geträumt zu haben. So aber beflügelte die Gewißheit seines kostbaren Besitzes seine Schritte nach der Heimat, um seiner kleinen Frau das frohe Ereignis mitzuteilen. Diese empfing ihn voll Besorgnis schon unter der Hausthüre, als sie aber in sein glückliches Gesicht und seine leuchtenden Augen blickte, als sie die merkwürdige Begebenheit erfuhr und die Büchse in seiner Hand sah, wollte sie ihn jubelnd in die Wohnung hereinziehen. Er aber wehrte sie sanft ab und sagte: „Laß mich, liebes Frauchen! Ich muß noch heute Gewißheit haben, ob sich meine Büchse auch beim Menschen bewährt."

Damit eilte er spornstreichs dem Pfarrhause zu und stürmte die Treppe hinauf, zum großen Erstaunen der Frau Pfarrerin, die sich diesen späten

Besuch des Arztes nicht erklären konnte und ihn
deshalb sprachlos anstarrte. „Lassen Sie mich sogleich zu meinem Kranken," sagte dieser. „Ich habe
ein Mittel, seine Krankheit sicher zu erkennen. Und
wenn dies geschehen ist, so verspreche ich Ihnen
seine Herstellung in wenigen Tagen."

„Nun denn in Gottes Namen!" erwiderte die
Frau und öffnete dem Arzte die Thüre. Der
Kranke war eben aus seinem Fieberschlummer erwacht und drehte sich ob der unliebsamen Störung
verdrießlich auf die Seite. Ohne sich aber daran
zu kehren, entfernte der Arzt die bedeckenden Bett-
stücke und Kleider, zog seine Büchse heraus und
ließ das magische Licht derselben auf den entblößten
Körper fallen. Und er hätte nicht der begeisterte
Jünger des Aeskulap sein müssen, wenn er nicht
bei dem Anblick, der sich ihm bot, laut aufgejubelt
hätte. Denn, was er erwartet hatte, traf vollständig
ein! In dem durchsichtigen Körper des Ärmsten
sah sein scharfes Auge unzählige wurmförmige
Körperchen von winziger Gestalt. Die einen waren
im Begriffe, sich durch die Wandungen des Darmes
durchzubohren, andere waren schon weiter und
wanderten unverdrossen durch das Gewebe der

Muskeln, und wieder andere hatten sich schon zur
Ruhe gesetzt und mit einer rundlichen Kapsel um=
kleidet. An einen Zweifel war jetzt nicht mehr zu
denken, und triumphierend konnte er der Frau
Pfarrerin erklären, daß seine Diagnose richtig und
die kleinen beweglichen Körperchen, die sie sehe,
wirkliche Trichinen seien.

Mit einigen Ensprizungen von Helminthotoxin,
einem von den Würmern selbst ausgeschiedenen Gifte,
das jeder damalige Arzt in Glycerinlösung besaß,
waren die Trichinen getötet. Nach einigen weiteren
Tagen konnte der Kranke frisch und munter das
Bett verlassen.

Die Kunde von dieser wunderbaren Kur, be=
sonders aber von der Büchse, deren Licht den Men=
schen durchsichtig mache wie eine Qualle, verbreitete
sich bald im ganzen Lande und durch die Berichte
der Zeitungen und Telegraphen bald in der ganzen
Welt. Als nun das allgemeine Verlangen nach
Bekanntgebung des geheimnisvollen Mittels immer
stürmischer wurde, konnten sich die Professoren,
Medizinal= und Obermedizinalräte, welche seither
immer noch kopfschüttelnd geschwiegen hatten, dem
Drängen nicht mehr verschließen. Sie schrieben

an Doktor Redlich und luden ihn ein, an einem be-
stimmten Tage vor ihnen in der Hauptstadt zu
erscheinen. Der aber war seither nicht unthätig
gewesen. Als er den Inhalt der Büchse am Tage
nach der ersten Probe untersuchte, fand er zu seiner
freudigen Überraschung das zauberhafte Leuchtmittel
aus den einfachsten Stoffen zusammengesetzt, so daß
es ihm mit leichter Mühe gelang, eine zweite Büchse
mit derselben elektrischen Leuchtkraft herzustellen.
So konnte er ohne Bangen und Zagen, mit dem
Bewußtsein, ein Mittel von unberechenbarem Nutzen
für die Menschheit in der Hand zu haben, vor der
gelehrten Körperschaft erscheinen. Und als der
schlichte, bescheidene Mann seinen schmucklosen Vor=
trag über die Zusammensetzung seines Leuchtapparates beendigt und die Wirkungen desselben an dem
vorgeführten Kranken gezeigt hatte, da ging ein
Murmeln des Beifalls durch den Saal, das sich
zu freudigen Zurufen und zuletzt zu brausenden
Hochrufen steigerte. Zwar meinte der gelehrte Pro=
fessor Pfiffikus, die Sache sei so lächerlich einfach,
daß sie wohl jeder hätte finden können, aber mit
dem Zwischenrufe: „Kolumbus, Kolumbus" wurde
er bald zum Schweigen gebracht, und nun drängten

alle anderen herbei, um dem genialen Erfinder glückwünschend die Hand zu drücken. „Was hätte ich seither darum gegeben, wenn ich ein solches Mittel zur Sichtbarmachung eingedrungener Fremd= körper gehabt hätte!" rief begeistert ein Professor der Chirurgie. „Eine neue glorreiche Zeit ist für uns Mediziner angebrochen," schwärmte der berühmte Kliniker für Herz= und Lungenkrankheiten. „Und wir Gynäkologen erst!" rief der Vorstand der Frauen= klinik. „Mir schwindelt vor Freude, wenn ich daran denke, daß künftig ein Zweifel zu den Dingen der Unmöglichkeit gehört."

Zuletzt trat der anwesende Minister heran, reichte dem jungen Forscher glückwünschend die Hand und versprach ihm, im Namen der Regie= rung dafür Sorge tragen zu wollen, daß er für die uneigennützige Bekanntmachung seines genialen Leuchtapparates ein staatliches Ehrengeschenk von einer Million erhalte. Doktor Redlich aber lehnte dies bescheiden ab und erklärte, er sei durch die Gewißheit, der Menschheit einen Dienst erwiesen zu haben, vollauf befriedigt.

Nur eine war damit nicht einverstanden, und das war die Frau Doktorin; sie hätte neben der

Ehre und dem Ruhm auch gern die Million ge=
nommen. Als aber ihr Mann nach der Hauptstadt
des deutschen Reiches gezogen und als weltberühm=
ter Arzt bald zu hohen Ehren und großem Reich=
tum gelangt war, verstummten ihre Bedenken, und
sie pries ihr Geschick, an der Seite eines solchen
Mannes leben zu dürfen. Doktor Redlich erreichte
ein hohes Alter, und als er endlich lebensmüde
seine Augen schloß, trauerte um ihn sein ganzes
Volk. Von seiner geheimnisvollen Begegnung mit
Elektra hat während seines Lebens niemand außer
seiner Gattin erfahren. Aber mit Staunen sah
das nach Tausenden zählende Leichengefolge über
seinem reichgeschmückten Sarge eine bläulich=weiße
Flamme schweben und erst dann verschwinden, als
der Sarg in die Gruft gesenkt wurde. Und wie
ihm einst Elektra geweissagt, so geschah es. Nach
seiner Beisetzung wurde sein Standbild von dem
berühmtesten Meister in Marmor gemeißelt und
in der Ruhmeshalle neben den Marmorbildnissen
anderer auserwählter Geister aufgestellt.

Lightning Source UK Ltd.
Milton Keynes UK
UKHW010942281222
414514UK00004B/274

9 783846 002780